莎士比亚戏剧集

皆大欢喜·温莎的风流娘儿们

（英）威廉·莎士比亚 著　朱生豪 译

北方联合出版传媒(集团)股份有限公司
万卷出版公司

© （英）威廉·莎士比亚　　2014

图书在版编目（CIP）数据

皆大欢喜·温莎的风流娘儿们 / （英）莎士比亚著；
朱生豪译. -- 沈阳：万卷出版公司，2014.9
（莎士比亚戏剧集）
ISBN 978-7-5470-3182-7

Ⅰ．①皆… Ⅱ．①莎… ②朱… Ⅲ．①喜剧－剧本－
作品集－英国－中世纪 Ⅳ．①I561.33

中国版本图书馆CIP数据核字(2014)第196474号

皆大欢喜·温莎的风流娘儿们

责任编辑	郝　兰
出 版 者	北方联合出版传媒（集团）股份有限公司
	万卷出版公司
联系电话	024-23284090　　010-57454988
经　　销	各地新华书店发行
印　　刷	北京一鑫印务有限责任公司
版　　次	2014年10月第1版
印　　次	2019年1月第2次印刷
成品尺寸	155mm×220mm
印　　张	13
字　　数	140千字
书　　号	978-7-5470-3182-7
定　　价	25.80元

目　录

目 录

皆大欢喜

剧中人物

公爵　在放逐中

弗莱德里克　其弟，篡位者

阿米恩斯　⎱
杰奎斯　⎰　流亡公爵的从臣

勒·波　弗莱德里克的侍臣

查尔斯　拳师

奥列佛　⎱
贾奎斯　⎰　罗兰·德·鲍埃爵士的儿子
奥兰多　⎰

亚当　⎱
丹尼斯　⎰　奥列佛的仆人

试金石　小丑

奥列佛·马坦克斯特师傅　牧师

柯林　⎱
西尔维斯　⎰　牧人

威廉　乡人，恋奥德蕾

扮许门者
罗瑟琳　流亡公爵的女儿
西莉娅　弗莱德里克的女儿
菲苾　牧女
奥德蕾　村姑

众臣、侍童、林居人及侍从等

地　点

奥列佛宅旁庭园；篡位者的宫廷；亚登森林

第一幕

第一场　奥列佛宅旁园中

奥兰多及亚当上。

奥兰多　亚当，我记得遗嘱上留给我的只是区区一千块钱，而且正像你所说的，还要我大哥把我好生教养，否则他就不能得到我父亲的祝福：我的不幸就这样开始了。他把我的二哥贾奎斯送进学校，据说成绩很好；可是我呢，他却叫我像个村汉似的住在家里，或者再说得确切一点，把我当作牛马似的关在家里：你说像我这种身分的良家子弟，就可以像一条牛那样养着的吗？他的马匹也还比我养得好些；因为除了食料充足之外，还要对它们加以训练，因此用重金雇下了骑师；可是我，他的兄弟，却不曾在他手下得到一点好处，除了让我白白地傻长，这是我跟他那些粪堆上

皆大欢喜

的畜生一样要感激他的。他除了给我大量的乌有之外，还要剥夺去我固有的一点点天分；他叫我和佃工在一起过活，不把我当兄弟看待，尽他一切力量用这种教育来摧毁我的高贵的素质。这是使我伤心的缘故，亚当；我觉得在我身体之内的我的父亲的精神已经因为受不住这种奴隶的生活而反抗起来了。我一定不能再忍受下去，虽然我还不曾想到怎样避免它的妥当的方法。

亚当　大爷，您的哥哥从那边来了。

奥兰多　走旁边去，亚当，你就会听到他将怎样欺侮我。

　　　　　　　奥列佛上。

奥列佛　嘿，少爷！你来做什么？

奥兰多　不做什么；我不曾学习过做什么。

奥列佛　那么你在作践些什么呢，少爷？

奥兰多　哼，大爷，我在帮您的忙，把一个上帝造下来的、您的可怜的没有用处的兄弟用游荡来作践着哩。

奥列佛　那么你给我做事去，别站在这儿吧，少爷。

奥兰多　我要去看守您的猪，跟它们一起吃糠吗？我浪费了什么了，才要受这种惩罚？

奥列佛　你知道你在什么地方吗，少爷？

奥兰多　噢，大爷，我知道得很清楚；我是在这儿您的园子里。

奥列佛　你知道你是当着谁说话吗，少爷？

奥兰多　哦，我知道我面前这个人是谁，比他知道我要清楚得多。我知道你是我的大哥；但是说起优良的血统，你也应该知道我是谁。按着世间的常礼，你的身分比我高些，因为你是长子；可是同样的礼法却不能取去我的血统，即使我们之间还有二十个兄弟。我的血液里有着跟你一样多的我们父亲的素质；虽然我承认你既出生在先，就更该得到家长应得的尊敬。

奥列佛 什么，孩子！

奥兰多 算了吧，算了吧，大哥，你不用这样卖老啊。

奥列佛 你要向我动起手来了吗，混蛋？

奥兰多 我不是混蛋；我是罗兰·德·鲍埃爵士的小儿子，他是我的父亲；谁敢说这样一位父亲会生下混蛋儿子来的，才是个大混蛋。你倘不是我的哥哥，我这手一定不放松你的喉咙，直等我那另一只手拔出了你的舌头为止，因为你说了这样的话。你骂的是你自己。

亚当 （上前）好爷爷们，别生气；看在去世老爷的脸上，大家和和气气的吧！

奥列佛 放开我！

奥兰多 等我高兴放你的时候再放；你一定要听我说话，父亲在遗嘱上吩咐你好好教育我；你却把我培育成一个农夫，不让我具有或学习任何上流人士的本领。父亲的精神在我心中炽烈燃烧，我再也忍受不下去了。你得允许我去学习那种适合上流人身分的技艺；否则把父亲在遗嘱里指定给我的那笔小小数目的钱给我，也好让我去自寻生路。

奥列佛 等到那笔钱用完了你便怎样？去做叫化子吗？哼，少爷，给我进去吧，别再跟我找麻烦了；你可以得到你所要的一部分。请你走吧。

奥兰多 我不愿过分冒犯你，除了为我自身的利益。

奥列佛 你跟着他去吧，你这老狗！

皆大欢喜

亚当 "老狗"便是您给我的谢意吗？一点不错，我服侍您已经服侍得牙齿都落光了。上帝和我的老爷同在！他是决不会说出这种话来的。（奥兰多、亚当下。）

奥列佛 竟有这种事吗？你不服我管了吗？我要把你的傲气去掉，还不给你那一千块钱。喂，丹尼斯！

　　　　丹尼斯上。

丹尼斯 大爷叫我吗？

奥列佛 公爵手下那个拳师查尔斯不是在这儿要跟我说话吗？

丹尼斯 禀大爷，他就在门口，要求见您哪。

奥列佛 叫他进来。（丹尼斯下）这是一个妙计；明天就是摔角的日子。

　　　　查尔斯上。

查尔斯 早安，大爷！

奥列佛 查尔斯好朋友，新朝廷里有些什么新消息？

查尔斯 朝廷里没有什么新消息，大爷，只有一些老消息：那就是说老公爵给他的弟弟新公爵放逐了；三四个忠心的大臣自愿跟着他出亡，他们的地产收入都给新公爵没收了去，因此他巴不得他们一个个滚蛋。

奥列佛 你知道公爵的女儿罗瑟琳是不是也跟她的父亲一起放逐了？

查尔斯 啊，不，因为新公爵的女儿，她的族妹，自小便跟她在一个摇篮里长大，非常爱她，一定要跟她一同出亡，否则便要寻死；所以她现在仍旧在宫里，她的叔父把她像自家女儿一样看待着；从来不曾有两位小姐像她们这样要好的了。

奥列佛　老公爵预备住在什么地方呢？

查尔斯　据说他已经住在亚登森林了，有好多人跟着他；他们在那边度着昔日英国罗宾汉那样的生活。据说每天有许多年轻贵人投奔到他那儿去，逍遥地把时间销磨过去，像是置身在古昔的黄金时代里一样。

奥列佛　喂，你明天要在新公爵面前表演摔角吗？

查尔斯　正是，大爷；我来就是要通知您一件事情。我得到了一个风声，大爷，说您的令弟奥兰多想要假扮了明天来跟我交手。明天这一场摔角，大爷，是与我的名誉有关的；谁想不断一根骨头而安然逃出，必须好好留点儿神才行。令弟年纪太轻，顾念着咱们的交情，我本来不愿对他施加毒手，可是如果他一定要参加，为了我自己的名誉起见，我也别无办法。为此看在咱们的交情份上，我特地来通报您一声：您或者劝他打断了这个念头；或者请您不用为了他所将要遭到的羞辱而生气，这全然是他自取其咎，并非我的本意。

奥列佛　查尔斯，多谢你对我的好意，我一定会重重报答你的。我自己也已经注意到舍弟的意思，曾经用婉言劝阻过他；可是他执意不改。我告诉你，查尔斯，他是在全法国顶无理可喻的一个兄弟，野心勃勃，一见人家有什么好处，心里总是不服，而且老是在阴谋设计陷害我，他的同胞的兄长。一切悉听你的尊意吧；我巴不得你把他的头颈和手指一起掰断了呢。你得留心一些；要是你略为削了他一点面子，或者他不能大大地削你的面子，他就会用毒药毒死你，用奸谋陷害你，非把你的性命用卑鄙的手段除掉了不肯甘

皆大欢喜

休。不瞒你说，我一说起也忍不住要流泪，在现在世界上没有比他更奸恶的年轻人了。因为他是我自己的兄弟，我不好怎样说他；假如我把他的真相完全告诉了你，那我一定要惭愧得痛哭流涕，你也要脸色发白，大吃一惊的。

查尔斯 我真幸运上您这儿来。假如他明天来，我一定要给他一顿教训；倘若不叫他瘸了腿，我以后再不跟人家摔角赌锦标了。好，上帝保佑您大爷！（下。）

奥列佛 再见，好查尔斯。——现在我要去挑拨这位好勇斗狠的家伙了。我希望他送了命。我自己也不明白我为什么要那么恨他；说起来他很善良，从来不曾受过教育，然而却很有学问，充满了高贵的思想，无论哪一等人都爱戴他；真的，大家都是这样喜欢他，尤其是我自己手下的人，以致于我倒给人家轻视起来。可是情形不会长久下去的；这个拳师可以给我解决一切。现在我只消把那孩子激动前去就是了；我就去。（下。）

第二场　公爵宫门前草地

罗瑟琳及西莉娅上。

西莉娅 罗瑟琳，我的好姊姊，请你快活些吧。

罗瑟琳 亲爱的西莉娅，我已经强作欢容，你还要我再快活一些吗？除非你能够教我怎样忘掉一个放逐的父亲，否则你总不能叫我想起无论怎样有趣的事情的。

西莉娅 我看出你爱我的程度比不上我爱你那样深。要是我的伯父，你的放逐的父亲，放逐了你的叔父，我的父亲，只要你仍旧跟我在一起，我可以爱你的父亲就像我自己的父亲一样。假如你爱我也像我爱你一样真纯，那么你也一定会这样的。

罗瑟琳　好，我愿意忘记我自己的处境，为了你而高兴起来。

西莉娅　你知道我父亲只有我一个孩子，看来也不见得会再有了，等他去世之后，你便可以承继他；因为凡是他用暴力从你父亲手里夺来的东西，我都要怀着爱心归还给你。凭着我的名誉起誓，我一定会这样；要是我背了誓，让我变成个妖怪。所以，我的好罗瑟琳，我的亲爱的罗瑟琳，快活起来吧。

罗瑟琳　妹妹，从此以后我要高兴起来，想出一些消遣的法子。让我看；你想来一下子恋爱怎样？

西莉娅　好的，不妨作为消遣，可是不要认真爱起人来；而且玩笑也不要开得过度，羞答答地脸红了一下子就算了，不要弄到丢了脸摆不脱身。

罗瑟琳　那么我们作什么消遣呢？

西莉娅　让我们坐下来嘲笑那位好管家太太命运之神，叫她羞得离开了纺车，免得她的赏赐老是不公平①。

罗瑟琳　我希望我们能够这样做，因为她的恩典完全是滥给的。这位慷慨的瞎眼婆子在给女人赏赐的时候尤其是乱来。

西莉娅　一点不错，因为她给了美貌，就不给贞洁；给了贞洁，

---

①希腊神话：命运女神于纺车上织人类的命运；因命运赏罚毫无定准，故下文云"瞎眼婆子"。

就只给丑陋的相貌。

罗瑟琳　不，现在你把命运的职务拉扯到造物身上去了；命运管理着人间的赏罚，可是管不了天生的相貌。

　　　　试金石上。

西莉娅　管不了吗？造物生下了一个美貌的人儿来，命运不会把她推到火里去从而毁坏她的容颜吗？造物虽然给我们智慧，可以把命运取笑，可是命运不已经差这个傻瓜来打断我们的谈话了吗？

罗瑟琳　真的，那么命运太对不起造物了，她会叫一个天生的傻瓜来打断天生的智慧。

西莉娅　也许这也不干命运的事，而是造物的意思，因为看到我们天生的智慧太迟钝了，不配议论神明，所以才叫这傻瓜来做我们的砺石；因为傻瓜的愚蠢往往是聪明人的砺石。喂，聪明人！你到哪儿去？

试金石　小姐，快到您父亲那儿去。

西莉娅　你作起差人来了吗？

试金石　不，我以名誉为誓，我是奉命来请您去的。

罗瑟琳　傻瓜，你从哪儿学来的这一句誓？

试金石　从一个骑士那儿学来，他以名誉为誓说煎饼很好，又以名誉为誓说芥末不行；可是我知道煎饼不行，芥末很好；然而那骑士却也不曾发假誓。

西莉娅　你怎样用你那一大堆的学问证明他不曾发假誓呢？

罗瑟琳　噢，对了，请把你的聪明施展出来吧。

试金石　您两人都站出来；摸摸你们的下巴，以你们的胡须为誓说我是个坏蛋。

西莉娅　以我们的胡须为誓，要是我们有胡须的话，你是个坏蛋。

试金石　以我的坏蛋的身分为誓，要是我有坏蛋的身分的话，那么我便是个坏蛋。可是假如你们用你们所没有的东西起誓，你们便不算是发的假誓。这个骑士用他的名誉起誓，因为他从来不曾有过什么名誉，所以他也不算是发假誓；即使他曾经有过名誉，也早已在他看见这些煎饼和芥末之前发誓发掉了。

西莉娅　请问你说的是谁？

试金石　是您的父亲老弗莱德里克所喜欢的一个人。

西莉娅　我的父亲欢喜他，他也就够有名誉的了。够了，别再说起他；你总有一天会因为把人讥诮而吃鞭子的。

试金石　这就可发一叹了，聪明人可以做傻事，傻子却不准说聪明话。

西莉娅　真的，你说的对；自从把傻子的一点点小聪明禁止发表之后，聪明人的一点点小小的傻气却大大地显起身手来了。——勒·波先生来啦。

罗瑟琳　含着满嘴的新闻。

西莉娅　他会把他的新闻向我们倾吐出来，就像鸽子哺雏一样。

罗瑟琳　那么我们要塞满一肚子的新闻了。

西莉娅　那再好没有，塞得胖胖的，更好卖啦。

勒·波上。

西莉娅　您好，勒·波先生。有什么新闻？

勒·波　好郡主，您错过一场很好的玩意儿了。

西莉娅　玩意儿！什么花色的？

勒·波　什么花色的，小姐！我怎么回答您呢？

罗瑟琳	凭着您的聪明和您的机缘吧。
试金石	或者按照着命运女神的旨意。
西莉娅	说得好，极堆砌之能事了。
试金石	本来吗，如果我说的话不够味儿——
罗瑟琳	你的口臭病大概就好了。
勒·波	两位小姐，你们叫我莫名其妙。我是要来告诉你们有一场很好的摔角，你们错过机会了。
罗瑟琳	可是把那场摔角的情形讲给我们听吧。
勒·波	我可以把开场的情形告诉你们；假如两位小姐听着乐意，收场的情形你们可以自己看一个明白，精彩的部分还不曾开始呢；他们就要到这儿来表演了。
西莉娅	好，就把那个已经陈死了的开场说来听听。
勒·波	有一个老人带着他的三个儿子到来——
西莉娅	我可以把这开头接上一个老故事去。
勒·波	三个漂亮的青年，长得一表人才——
罗瑟琳	头颈里挂着招贴，"特此布告，俾众周知。"
勒·波	老大跟公爵的拳师查尔斯摔角，查尔斯一下子就把他摔倒了，打断了三根肋骨，生命已无希望；老二老三也都这样给他对付过去。他们都躺在那边；那个可怜的老头子，他们的父亲，在为他们痛哭，惹得旁观的人都陪他落泪。
罗瑟琳	嗳哟！
试金石	但是，先生，您说小姐们错过了的玩意儿是什么呢?
勒·波	哪，就是我说过的这件事啊。
试金石	所以人们每天都可以增进一些见识。我今天才第一次听见折断肋骨是小姐们的玩意儿。

西莉娅 我也是第一次呢。

罗瑟琳 可是还有谁想要听自己胁下清脆动人的一声吗？还有谁喜欢让他的肋骨给人敲断吗？妹妹，我们要不要去看他们摔角？

勒·波 要是你们不走开去，那么不看也得看；因为这儿正是指定摔角的地方，他们就要来表演了。

西莉娅 真的，他们从那边来了；让我们不要走开，看一下子吧。

　　　　　　喇叭奏花腔。弗莱德里克公爵、众臣、奥兰多、查尔斯及侍从等上。

弗莱德里克 来吧；那年轻人既然不肯听劝，就让他吃些苦楚，也是他自不量力的报应。

罗瑟琳 那边就是那个人吗？

勒·波 就是他，小姐。

西莉娅 唉！他太年轻啦；可是瞧他的神气倒好像很有得胜的希望。

弗莱德里克 啊，吾儿和侄女！你们也溜到这儿来看摔角吗？

罗瑟琳 是的，殿下，请您准许我们。

弗莱德里克 我可以断定你们一定不会感到兴趣的，两方的实力太不平均了。我因为可怜这个挑战的人年纪轻轻，想把他劝阻了，可是他不肯听劝。小姐们，你们去对他说说，看能不能说服他。

西莉娅 叫他过来，勒·波先生。

弗莱德里克 好吧，我就走开去。（退至一旁。）

勒·波 挑战的先生，两位郡主有请。

奥兰多 敢不从命。

罗瑟琳　年轻人，你向拳师查尔斯挑战了吗？

奥兰多　不，美貌的郡主，他才是向众人挑战的人；我不过像别人一样来到这儿，想要跟他较量较量我的青春的力量。

西莉娅　年轻的先生，照您的年纪而论，您的胆量是太大了。您已经看见了这个人的无情的蛮力；要是您能够用您的眼睛瞧见您自己的形状，或者用您的理智判断您自己的能力，那么您对于这回冒险所怀的戒惧，一定会劝您另外找一件比较适宜于您的事情来做。为了您自己的缘故，我们请求您顾虑您自身的安全，放弃了这种尝试吧。

罗瑟琳　是的，年轻的先生，您的名誉不会因此受到损失；我们可以去请求公爵停止这场摔角。

奥兰多　我要请你们原谅，我觉得我自己十分有罪，胆敢拒绝这么两位美貌出众的小姐的要求。可是让你们的美目和好意伴送着我去作这场决斗吧。假如我打败了，那不过是一个从来不曾给人看重过的人丢了脸；假如我死了，也不过死了一个自己愿意寻死的人。我不会辜负我的朋友们，因为没有人会哀悼我；我不会对世间有什么损害，因为我在世上一无所有；我不过在世间占了一个位置，也许死后可以让更好的人来补充。

罗瑟琳　我但愿我所有的一点点微弱的气力也加在您身上。

西莉娅　我也愿意把我的气力再加在她的气力上面。

罗瑟琳　再会。求上天但愿我错看了您！

西莉娅　愿您的希望成全！

查尔斯　来，这个想要来送死的哥儿在什么地方？

奥兰多　已经预备好了，朋友；可是他却没有那样的野心。

弗莱德里克　你们斗一个回合就够了。

查尔斯　殿下，既然这头一个回合您已经竭力敦劝他不要参加，我包您不会再有第二个回合。

奥兰多　你要在以后嘲笑我，可不必事先就嘲笑起来。来啊。

罗瑟琳　赫剌克勒斯默佑着你，年轻人！

西莉娅　我希望我有隐身术，去拉住那强徒的腿。（查尔斯、奥兰多二人摔角。）

罗瑟琳　啊，出色的青年！

西莉娅　假如我的眼睛里会打雷，我知道谁是要被打倒的。（查尔斯被摔倒；欢呼声。）

弗莱德里克　算了，算了。

奥兰多　请殿下准许我再试；我的一口气还不曾透完哩。

弗莱德里克　你怎样啦，查尔斯？

勒·波　他说不出话来了，殿下。

弗莱德里克　把他抬出去。你叫什么名字，年轻人？（查尔斯被抬下。）

奥兰多　禀殿下，我是奥兰多，罗兰·德·鲍埃的幼子。

弗莱德里克　我希望你是别人的儿子。世间都以为你的父亲是个好人，但他却是我的永远的仇敌；假如你是别族的子孙，你今天的行事一定可以使我更喜欢你一些。再见吧；你是个勇敢的青年，我愿你向我说起的是另外一个父亲。（弗莱德里克、勒·波及随从下。）

西莉娅　姊姊，假如我在我父亲的地位，我会做这种事吗？

奥兰多　我以做罗兰爵士的儿子为荣，即使只是他的幼子；我不愿改变我的地位，过继给弗莱德里克做后嗣。

罗瑟琳　我的父亲宠爱罗兰爵士，就像他的灵魂一样；全世界都抱着和我父亲同样的意见。要是我本来就已经知道这位青年便是他的儿子，我一定含着眼泪谏劝他不要作这种冒险。

西莉娅　好姊姊，让我们到他跟前去鼓励鼓励他。我父亲的无礼猜忌的脾气，使我十分痛心。——先生，您很值得尊敬；您的本事确是出人意外，如果您对意中人再能真诚，那么您的情人一定是很有福气的。

罗瑟琳　先生，（自颈上取下项链赠奥兰多）为了我的缘故，请戴上这个吧；我是个失爱于运命的人，心有余而力不足，不过略表微忱而已。我们去吧，妹妹。

西莉娅　好。再见，好先生。

奥兰多　我不能说一句谢谢您吗？我的心神都已摔倒，站在这儿的只是一个人形的枪靶，一块没有生命的木石。

罗瑟琳　他在叫我们回去。我的矜傲早随着我的运命一起丢光了；我且去问他有什么话说。您叫我们吗，先生？先生，您摔角摔得很好；给您征服了的，不单是您的敌人。

西莉娅　去吧，姊姊。

罗瑟琳　你先走，我跟着你。再会。（罗瑟琳、西莉娅下。）

奥兰多　什么一种情感重压住我的舌头？虽然她想跟我交谈，我却想不出话来对她说。可怜的奥兰多啊，你给征服了！取胜了你的，不是查尔斯，却是比他更柔弱的人儿。

　　　　　　勒·波重上。

勒·波　先生，我为着好意劝您还是离开这地方吧。虽然您很值得恭维、赞扬和敬爱，但是公爵的脾气太坏，他会把您一切的行事都误会的。公爵的心性有点捉摸不定；他的为人怎样我不便说，还是您自己去忖度忖度吧。

奥兰多　谢谢您，先生。我还要请您告诉我，这两位小姐中间哪一位是在场的公爵的女儿？

勒·波　要是我们照行为举止上看起来，两个可说都不是他的女儿；但是那位矮小一点的是他的女儿。另外一位便是放逐在外的公爵所生，被她这位篡位的叔父留在这儿陪伴他的女儿；她们两人的相爱是远过于同胞姊妹的。但是我可以告诉您，新近公爵对于他这位温柔的侄女有点不乐意；毫无理由，只是因为人民都称赞她的品德，为了她那位好父亲的缘故而同情她；我可以断定他对于这位小姐的恶意不久就会突然显露出来的。再会吧，先生；我希望在另外一个较好的世界里可以再跟您多多结识。

奥兰多　我非常感荷您的好意；再会。（勒·波下）才穿过浓烟，又钻进烈火；一边是专制的公爵，一边是暴虐的哥哥。可是天仙一样的罗瑟琳啊！（下。）

第三场　宫中一室

西莉娅及罗瑟琳上。

西莉娅　喂，姊姊！喂，罗瑟琳！爱神哪！没有一句话吗？

罗瑟琳　连可以丢给一条狗的一句话也没有。

西莉娅　不，你的话是太宝贵了，怎么可以丢给贱狗呢？丢给我几句吧。来，讲一些道理来叫我浑身瘫痪。

罗瑟琳　那么姊妹两人都害了病了：一个是给道理害得浑身瘫痪，

一个是因为想不出什么道理来而发了疯。

西莉娅 但这是不是全然为了你的父亲？

罗瑟琳 不，一部分是为了我的孩子的父亲。唉，这个平凡的世间是多么充满荆棘呀！

西莉娅 姊姊，这不过是些有刺的果壳，为了取笑玩玩而丢在你身上的；要是我们不在道上走，我们的裙子就要给它们抓住。

罗瑟琳 在衣裳上的，我可以把它们抖去；但是这些刺是在我的心里呢。

西莉娅 你咳嗽一声就咳出来了。

罗瑟琳 要是我咳嗽一声，他就会应声而来，那么我倒会试一下的。

西莉娅 算了算了；使劲地把你的爱情克服下来吧。

罗瑟琳 唉！我的爱情比我气力大得多哩！

西莉娅 啊，那么我替你祝福吧！将来总有一天，你就是倒了也会使劲的。但是把笑话搁在一旁，让我们正正经经地谈谈。你真的会突然这样猛烈地爱上老罗兰爵士的小儿子吗？

罗瑟琳 我的父亲和他的父亲非常要好呢。

西莉娅 因此你也必须和他的儿子非常要好吗？照这样说起来，那么我的父亲非常恨他的父亲，因此我也应当恨他了；可是我却不恨奥兰多。

罗瑟琳 不，看在我的面上，不要恨他。

西莉娅 为什么不呢？他不是值得恨的吗？

罗瑟琳 因为他是值得爱的，所以让我爱他；因为我爱他，所以你也要爱他。瞧，公爵来了。

西莉娅 他满眼都是怒气。

弗莱德里克公爵率从臣上。

弗莱德里克 姑娘，为了你的安全，你得赶快收拾起来，离开我们的宫廷。

罗瑟琳 我吗，叔父？

弗莱德里克 你，侄女。在这十天之内，要是发现你在离我们宫廷二十哩之内，就得把你处死。

罗瑟琳 请殿下开示我，我犯了什么罪过。要是我有自知之明，要是我并没有做梦，也不曾发疯——我相信我没有——那么，亲爱的叔父，我从来不曾起过半分触犯您老人家的念头。

弗莱德里克 一切叛徒都是这样的；要是他们凭着口头的话便可以免罪，那么他们都是再清白没有的了。可是我不能信任你，这一句话就够了。

罗瑟琳 但是您的不信任不能便使我变成叛徒；请告诉我您有什么证据？

弗莱德里克 你是你父亲的女儿；还用得着说别的话吗？

罗瑟琳 当您殿下夺去了我父亲的公国的时候，我就是他的女儿；当您殿下把他放逐的时候，我也还是他的女儿。叛逆并不是遗传的，殿下；即使我们受到亲友的牵连，那与我又有什么相干？我的父亲并不是个叛徒呀。所以，殿下，别看错了我，把我的穷迫看作了奸慝。

西莉娅 好殿下，听我说。

弗莱德里克 嗯，西莉娅，我让她留在这儿，只是为了你的缘故，否则她早已跟她的父亲流浪去了。

西莉娅　那时我没有请您让她留下；那是您自己的主意，因为您自己觉得不好意思。那时我还太小，不曾知道她的好处；但现在我知道她了。要是她是个叛逆，那么我也是。我们一直都睡在一起，同时起床，一块儿读书，同游同食，无论到什么地方去，都像朱诺的一双天鹅，永远成着对，拆不开来。

弗莱德里克　她这人太阴险，你敌不过她；她的和气、她的沉默和她的忍耐，都能感动人心，叫人民可怜她。你是个傻子，她已经夺去了你的名誉；她去了之后，你就可以显得格外光彩而贤德了。所以闭住你的嘴；我对她所下的判决是确定而无可挽回的，她必须被放逐。

西莉娅　那么您把这句判决也加在我身上吧，殿下；我没有她作伴便活不下去。

弗莱德里克　你是个傻子。侄女，你得准备起来，假如误了期限，凭着我的名誉和我的言出如山的命令，要把你处死。（偕从臣下。）

西莉娅　唉，我的可怜的罗瑟琳！你到哪儿去呢？你肯不肯换一个父亲？我把我的父亲给了你吧。请你不要比我更伤心。

罗瑟琳　我比你有更多的伤心的理由。

西莉娅　你没有，姊姊。请你高兴一点；你知道不知道，公爵把他的女儿也放逐了？

罗瑟琳　他没有。

西莉娅　没有？那么罗瑟琳还没有那种爱情，使你明白你我两人有如一体。我们难道要拆散吗？我们难道要分手吗，亲爱的姑娘？不，让我的父亲另外找一个后嗣吧。你应该跟我商量我们应当怎样飞走，到哪儿去，带些什么东西。不要因为环境的变迁而独自伤心，让我分担一些你的心事吧。我对着因为同情我们而惨白的天空起誓，无论你怎样说，我都要跟你一起走。

罗瑟琳　但是我们到哪儿去呢？

西莉娅　到亚登森林找我的伯父去。

罗瑟琳　唉，像我们这样的姑娘家，走这么远路，该是多么危险！美貌比金银更容易引起盗心呢。

西莉娅　我可以穿了破旧的衣裳，用些黄泥涂在脸上，你也这样；我们便可以通行过去，不会遭人家算计了。

罗瑟琳　我的身材特别高，完全打扮得像个男人岂不更好？腰间插一把出色的匕首，手里拿一柄刺野猪的长矛；心里尽管隐藏着女人家的胆怯，俺要在外表上装出一副雄赳赳气昂昂的样子来，正像那些冒充好汉的懦夫一般。

西莉娅　你做了男人之后，我叫你什么名字呢？

罗瑟琳　我要取一个和乔武的侍童一样的名字，所以你叫我盖尼米德吧。但是你叫什么呢？

西莉娅　我要取一个可以表示我的境况的名字；我不再叫西莉娅，就叫爱莲娜①吧。

罗瑟琳　但是妹妹，我们设法去把你父亲宫廷里的小丑偷来好不好？他在我们的旅途中不是很可以给我们解闷吗？

西莉娅　他一定肯跟着我走遍广大的世界；让我独自去对他说吧。我们且去把珠宝钱物收拾起来。我出走之后，他们一定要

---

①爱莲娜原文 Aliena，暗示 alienated（远隔）之意。

21

追寻，我们该想出一个顶适当的时间和顶安全的方法来避过他们。现在我们是满心的欢畅，去找寻自由，不是流亡。（同下。）

第二幕

第一场　亚登森林

老公爵、阿米恩斯及众臣作林居人装束上。

公爵　我的流放生涯中的同伴和弟兄们，我们不是已经习惯了这种生活，觉得它比虚饰的浮华有趣得多吗？这些树林不比猜嫉的朝廷更为安全吗？我们在这儿所感觉到的，只是时序的改变，那是上帝加于亚当的惩罚[①]；冬天的寒风张舞着冰雪的爪牙，发出暴声的呼啸，即使当它砭刺着我的身体，使我冷得发抖的时候，我也会微笑着说，"这不是谄媚啊；它们就像是忠臣一样，谆谆提醒我所处的地位。"逆运也有它的好处，就像丑陋而有毒的蟾蜍，它的头上却

[①]亚当未逐出乐园之前，四季常青。见《圣经·创世纪》。

顶着一颗珍贵的宝石。我们的这种生活，虽然远离尘嚣，却可以听树木的谈话，溪中的流水便是大好的文章，一石之微，也暗寓着教训；每一件事物中间，都可以找到些益处来。我不愿改变这种生活。

阿米恩斯　殿下真是幸福，能把运命的顽逆说成这样恬静而可爱。

公爵　来，我们打鹿去吧；可是我心里却有些不忍，这种可怜的花斑的蠢物，本来是这荒凉的城市中的居民，现在却要在它们自己的家园中让它们的后腿领略箭镞的滋味。

臣甲　不错，那忧愁的杰奎斯很为此伤心，发誓说在这件事上跟您那篡位的兄弟相比，您还是个更大的篡位者；今天阿米恩斯大人跟我两人悄悄地躲在背后，瞧他躺在一株橡树底下，那古老的树根露出在沿着林旁潺潺流去的溪水上面，有一只可怜的失群的牡鹿中了猎人的箭受伤，奔到那边去喘气；真的，殿下，这头不幸的畜生发出了那样的呻吟，真要把它的皮囊都胀破了，一颗颗又大又圆的泪珠怪可怜地争先恐后流到它的无辜的鼻子上；忧愁的杰奎斯瞧着这头可怜的毛畜这样站在急流的小溪边，用眼泪添注在溪水里。

公爵　但是杰奎斯怎样说呢？他见了此情此景，不又要讲起一番道理来了吗？

臣甲　啊，是的，他作了一千种的譬喻。起初他看见那鹿把眼泪浪费地流下了水流之中，便说，"可怜的鹿，他就像世人立遗嘱一样，把你所有的一切给了那已经有得太多的人。"于是，看它孤苦零丁，被它那些皮毛柔滑的朋友们所遗弃，便说，"不错，人倒了霉，朋友也不会来睬你了。"不久又有一群吃得饱饱的、无忧无虑的鹿跳过它的身边，也不停下来向它打个招呼；"嗯，"杰奎斯说，"奔过去吧，你们这批肥胖而富于脂肪的市民们；世事无非如此，那个可怜的破产的家伙，瞧他作什么呢？"他这样用最恶毒的话来辱骂着乡村、城市和宫廷的一切，甚至于骂着我们的这种生活；发誓说我们只是些篡位者、暴君或者比这更坏的人物，到这些畜生们的天然的居处来惊扰它们，杀害它们。

公爵 你们就在他作这种思索的时候离开了他吗？

臣甲 是的，殿下，就在他为了这头啜泣的鹿而流泪发议论的时候。

公爵 带我到那地方去，我喜欢趁他发愁的时候去见他，因为那时他最富于见识。

臣甲 我就领您去见他。（同下。）

第二场　宫中一室

弗莱德里克公爵、众臣及侍从上。

弗莱德里克 难道没有一个人看见她们吗？决不会的；一定在我的宫廷里有奸人知情串通。

臣甲 我不曾听见谁说曾经看见她。她寝室里的侍女们都看她上了床；可是一早就看见床上没有她们的郡主了。

臣乙 殿下，那个常常逗您发笑的下贱小丑也失踪了。郡主的侍女希丝比利娅供认她曾经偷听到郡主跟她的姊姊常常称赞最近在摔角赛中打败了强有力的查尔斯的那个汉子的技艺

皆大欢喜

和人品；她说她相信不论她们到哪里去，那个少年一定是跟她们在一起的。

弗莱德里克　差人到他哥哥家里去，把那家伙抓来；要是他不在，就带他的哥哥来见我，我要叫他去找他。马上去，这两个逃走的傻子一定要用心搜寻探访，非把她们寻回来不可。（众下。）

第三场　奥列佛家门前

奥兰多及亚当自相对方向上。

奥兰多　那边是谁？

亚当　啊！我的少爷吗？啊，我的善良的少爷！我的好少爷！啊，您叫人想起了老罗兰爵爷！唉，您为什么到这里来呢？您为什么这样好呢？为什么人家要爱您呢？为什么您是这样仁慈、这样健壮、这样勇敢呢？为什么您这么傻，要去把那乖僻的公爵手下那个大力士的拳师打败呢？您的声誉是来得太快了。您不知道吗，少爷，有些人常会因为他们太好了，反而害了自己？您也正是这样；您的好处，好少爷，就是陷害您自身的圣洁的叛徒，唉，这算是一个什么世界，怀德的人会因为他们的德行反遭毒手！

奥兰多　啊，怎么一回事？

亚当　唉，不幸的青年！不要走进这扇门来；在这屋子里潜伏着您一切美德的敌人呢。您的哥哥——不，不是哥哥，然而却是您父亲的儿子——不，他也不能称为他的儿子——他听见了人家称赞您的话，预备在今夜放火烧去您所住的屋子；要是这计划不成功，他还会想出别的法子来除掉您。他的阴谋给我偷听到了。这儿不是安身之处，这屋子不过是一所屠场，您要回避，您要警戒，别走进去。

奥兰多　什么，亚当，你要我到哪儿去？

亚当　随您到哪儿去都好，只要不在这儿。

奥兰多　什么，你要我去做个要饭的吗？还是在大路上用下贱无耻的剑做一个强盗？我只好走这种路，否则我就不知道怎么办；可是不论怎样，我也不愿这样干；我宁愿忍受一个不念手足之情的凶狠的哥哥的恶意。

亚当　可是不要这样。我在您父亲手下侍候了这许多年，曾经辛辛苦苦把工钱省下了五百块；我把那笔钱存下，本来是预备等我没有气力做不动事的时候做养老之本，人老了，不中用了，是会给人踢在角落里的。您把这钱拿了去吧；上帝既然给食物与乌鸦，也不会忘记把麻雀喂饱的，我这一把年纪，就悉听他的慈悲吧！钱就在这儿，我把它全都给了您吧。让我做您的仆人。我虽然瞧上去这么老，可是我的气力还不错；因为我在年轻时候从不曾灌下过一滴猛烈的酒，也不曾卤莽地贪欲伤身，所以我的老年好比生气勃勃的冬天，虽然结着严霜，却并不惨淡。让我跟着您去；我可以像一个年轻人一样，为您照料一切。

奥兰多　啊，好老人家！在你身上多么明白地表现出来古时那种义胆侠肠，不是为着报酬，只是为了尽职而流着血汗！你是太不合时了；现在的人们努力工作，只是为着希望高升，等到目的一达到，便耽于安逸；你却不是这样。但是，可怜的老人家，你虽然这样辛辛苦苦地费尽培植的功夫，给你培植的却是一株不成材的树木，开不出一朵花来酬答你的殷勤。可是赶路吧，我们要在一块儿走；在我们没有把你年轻时的积蓄花完之前，一定要找到一处小小的安身的地方。

亚当 少爷，走吧；我愿意忠心地跟着您，直至喘尽最后一口气。从十七岁起我到这儿来，到现在快八十了，却要离开我的老地方。许多人们在十七岁的时候都去追求幸运，但八十岁的人是不济的了；可是我只要能够有个好死，对得住我的主人，那么命运对我也不算无恩。（同下。）

第四场　亚登森林

罗瑟琳男装、西莉娅作牧羊女装束及试金石上。

罗瑟琳 天哪！我的精神多么疲乏啊。

试金石 假如我的两腿不疲乏，我可不管我的精神。

罗瑟琳 我简直想丢了我这身男装的脸，而像一个女人一样哭起来；可是我必须安慰安慰这位小娘子，穿褐衫短裤的，总该向穿裙子的显出一点勇气来才是。好，打起精神来吧，好爱莲娜。

西莉娅 请你担待担待我吧；我再也走不动了。

试金石 我可以担待你，可是不要叫我担你；但是即使我担你，也不会背上十字架，因为我想你钱包里没有那种带十字架的金币。

罗瑟琳　好，这儿就是亚登森林了。

试金石　噢，现在我到了亚登了。我真是个大傻瓜！在家里要舒服得多哩；可是旅行人只好知足一点。

罗瑟琳　对了，好试金石。你们瞧，谁来了；一个年轻人和一个老头子在一本正经地讲话。

　　　　　　　柯林及西尔维斯上。

柯林　你那样不过叫她永远把你笑骂而已。

西尔维斯　啊，柯林，你要是知道我是多么爱她！

柯林　我有点猜得出来，因为我也曾经恋爱过呢。

西尔维斯　不，柯林，你现在老了，也就不能猜想了；虽然在你年轻的时候，你也像那些半夜三更在枕上翻来覆去的情人们一样真心。可是假如你的爱情也跟我的差不多——我想一定没有人会有我那样的爱情——那么你为了你的痴心梦想，一定做出过不知多少可笑的事情呢！

柯林　我做过一千种的傻事，现在都已忘记了。

西尔维斯　噢！那么你就是不曾诚心爱过。假如你记不得你为了爱情而作出来的一件最琐细的傻事，你就不算真的恋爱过。假如你不曾像我现在这样坐着絮絮讲你的姑娘的好处，使听的人不耐烦，你就不算真的恋爱过。假如你不曾突然离开你的同伴，像我的热情现在驱使着我一样，你也不算真的恋爱过。啊，菲苾！菲苾！菲苾！（下。）

罗瑟琳　唉，可怜的牧人！我在诊断你的痛处的时候，却不幸地找到我自己的创伤了。

试金石　我也是这样。我记得我在恋爱的时候，曾经把一柄剑在石头上摔断，叫夜里来和琴·史美尔幽会的那个家伙留心

皆大欢喜

29

着我；我记得我曾经吻过她的洗衣棒，也吻过被她那双皲
裂的玉手挤过的母牛乳头；我记得我曾经把一颗豌豆荚权
当作她而向她求婚，我剥出了两颗豆子，又把它们放进去，
边流泪边说，"为了我的缘故，请您留着作个纪念吧。"我
们这种多情种子都会做出一些古怪事儿来；但是我们既然
都是凡人，一着了情魔是免不得要大发其痴劲的。

罗瑟琳 你的话聪明得出于你自己意料之外。

试金石 噢，我总不知道自己的聪明，除非有一天我给它绊了一
交，跌断了我的腿骨。

罗瑟琳 天神，天神！这个牧人的痴心，很有几分像我自己的
情形。

试金石 也有点像我的情形；可是在我似乎有点儿陈腐了。

西莉娅 请你们随便哪一位去问问那边的人，肯不肯让我们用金
子向他买一点吃的东西；我简直晕得要死了。

试金石 喂，你这蠢货！

罗瑟琳 别响，傻子；他并不是你的一家人。

柯林 谁叫？

试金石 比你好一点的人，朋友。

柯林 要是他们不比我好一点，那可寒酸得太不成话啦。

罗瑟琳 对你说，别响。——您晚安，朋友。

柯林 晚安，好先生；各位晚安。

罗瑟琳 牧人，假如人情或是金银可以在这种荒野里换到一点款
待的话，请你带我们到一处可以休息一下吃些东西的地方
去好不好？这一位小姑娘赶路疲乏，快要晕过去了。

柯林 好先生，我可怜她，不是为我自己打算，只是为了她的缘

故，但愿我有能力帮助她；可是我只是给别人看羊，羊儿虽然归我饲养，羊毛却不归我剪。我的东家很小气，从不会修修福做点儿好事；而且他的草屋、他的羊群、他的牧场，现在都要出卖了。现在因为他不在家，我们的牧舍里没有一点可以给你们吃的东西；但是别管它有些什么，请你们来瞧瞧，我是极其欢迎你们的。

罗瑟琳 他的羊群和牧场预备卖给谁呢？

柯林 就是刚才你们看见的那个年轻汉子，他是从来不想要买什么东西的。

罗瑟琳 要是没有什么不对的地方，我请你把那草屋牧场和羊群都买下了，我们给你出钱。

西莉娅 我们还要加你的工钱。我欢喜这地方，很愿意在这儿消度我的时光。

柯林 这桩买卖一定可以成交。跟我来；要是你们打听过后，对于这块地皮、这种收益和这样的生活觉得中意，我愿意做你们十分忠心的仆人，马上用你们的钱去把它买来。

（同下。）

第五场　林中的另一部分

阿米恩斯、杰奎斯及余人等上。

阿米恩斯 （唱）

　　绿树高张翠幕，

　　谁来偕我偃卧，

皆大欢喜

翻将欢乐心声，

学唱枝头鸟鸣：

盍来此？盍来此？盍来此？

目之所接，

精神契一，

唯忧雨雪之将至。

杰奎斯　再来一个，再来一个，请你再唱下去。

阿米恩斯　那会叫您发起愁来的，杰奎斯先生。

杰奎斯　再好没有。请你再唱下去！我可以从一曲歌中抽出愁绪来，就像黄鼠狼吮啜鸡蛋一样。请你再唱下去吧！

阿米恩斯　我的喉咙很粗，我知道一定不能讨您的欢喜。

杰奎斯　我不要你讨我的欢喜；我只要你唱。来，再唱一阕；你是不是把它们叫作一阕一阕的？

阿米恩斯　您高兴怎样叫就怎样叫吧，杰奎斯先生。

杰奎斯　不，我倒不去管它们叫什么名字；它们又不借我的钱。你唱起来吧！

阿米恩斯　既蒙敦促，我就勉为其难了。

杰奎斯　那么好，要是我会感谢什么人，我一定会感谢你；可是人家所说的恭维就像是两只狗猿碰了头。倘使有人诚心感谢我，我就觉得好像我给了他一个铜子，所以他像一个叫化似的向我道谢。来，唱起来吧；你们不唱的都不要作声。

阿米恩斯　好，我就唱完这支歌。列位，铺起食桌来吧；公爵就要到这株树下来喝酒了。他已经找了您整整一天啦。

杰奎斯　我已经躲避了他整整一天啦。他太喜欢辩论了，我不高

兴跟他在一起；我想到的事情像他一样多，可是谢谢天，
我却不像他那样会说嘴。来，唱吧。

阿米恩斯 （唱，众和）

　　孰能敝屣尊荣，

　　来沐丽日光风，

　　觅食自求果腹，

　　一饱欣然意足：

　　盍来此？盍来此？盍来此？

　　目之所接，

　　精神契一，

　　唯忧雨雪之将至。

杰奎斯　昨天我曾经按着这调子不加雕饰顺口吟成一节，倒要献
　　　丑献丑。

阿米恩斯　我可以把它唱出来。

杰奎斯　是这样的：

　　倘有痴愚之徒，

　　忽然变成蠢驴，

　　趁着心性癫狂，

　　撇却财富安康，

　　特达米，特达米，特达米，

　　何为来此？

　　举目一视，

　　唯见傻瓜之遍地。

阿米恩斯　"特达米"是什么意思？

杰奎斯　这是希腊文里召唤傻子们排起圆圈来的一种咒语。——

皆大欢喜

假如睡得成觉的话，我要睡觉去；假如睡不成，我就要把埃及地方一切头胎生的痛骂一顿[①]。

阿米恩斯　我可要找公爵去；他的点心已经预备好了。（各下。）

第六场　林中的另一部分

奥兰多及亚当上。

亚当　好少爷，我再也走不动了；唉！我要饿死了。让我在这儿躺下挺尸吧。再会了，好心的少爷！

奥兰多　啊，怎么啦，亚当！你再没有勇气了吗？再活一些时候；提起一点精神来，高兴点儿。要是这座古怪的林中有什么野东西，那么我倘不是给它吃了，一定会把它杀了来给你吃的。你并不是真就要死了，不过是在胡思乱想而已。为了我的缘故，提起精神来吧；向死神抗拒一会儿，我去一去就回来看你，要是我找不到什么可以给你吃的东西，我一定答应你死去；可是假如你在我没有回来之前便死去，那你就是看不起我的辛苦了。说得好！你瞧上去有点振作了。我立刻就来。可是你躺在寒风里呢；来，我把你背到有遮荫的地方去。只要这块荒地里有活东西，你一定不会因为没有饭吃而饿死。振作起来吧，好亚当。（同下。）

---

①《旧约·出埃及记》载上帝降罚埃及，凡埃及一切头胎生的皆遭瘟死；此处杰奎斯暗讽老公爵。

第七场　林中的另一部分

食桌铺就。老公爵、阿米恩斯及流亡诸臣上。

公爵　我想他一定已经变成一头畜生了，因为我到处找不到他的人影。

臣甲　殿下，他刚刚走开去；方才他还在这儿很高兴地听人家唱歌。

公爵　要是浑身都不和谐的他，居然也会变得爱好起音乐来，那么天体上不久就要大起骚乱了。去找他来，对他说我要跟他谈谈。

臣甲　他自己来了，省了我一番跋涉。

　　　　　　杰奎斯上。

公爵　啊，怎么啦，先生！这算什么，您的可怜的朋友们一定要千求万唤才把您请来吗？啊，您的神气很高兴哩！

杰奎斯　一个傻子，一个傻子！我在林中遇见一个傻子，一个身穿彩衣的傻子；唉，苦恼的世界！我确实遇见了一个傻子，正如我是靠着食物而活命一样确实；他躺着晒太阳，用头头是道的话辱骂着命运女神，然而他仍然不过是个身穿彩衣的傻子。"早安，傻子，"我说。"不，先生，"他说，"等到老天保佑我发了财，您再叫我傻子吧。"①于是他从袋里掏出一只表来，用没有光彩的眼睛瞧着它，很聪明地说，"现在是十点钟了；我们可以从这里看出世界是怎样在变迁着：一小时之前还不过是九点钟，而再过一小时便

---

① 成语有"愚人多福"（Fortune favours fools），故云。

皆大欢喜

是十一点钟了；照这样一小时一小时过去，我们越长越老，越老越不中用，这上面真是大有感慨可发。"我听了这个穿彩衣的傻子对时间发挥的这一段玄理，我的胸头就像公鸡一样叫起来了，纳罕着傻子居然会有这样深刻的思想；我笑了个不停，在他的表上整整笑去了一个小时。啊，高贵的傻子！可敬的傻子！彩衣是最好的装束。

公爵 这是个怎么样的傻子？

杰奎斯 啊，可敬的傻子！他曾经出入宫廷；他说凡是年轻貌美的小姐们，都是有自知之明的。他的头脑就像航海回来剩下的饼干那样干燥，其中的每一个角落却塞满了人生的经验，他都用杂乱的话儿随口说了出来。啊，我但愿我也是个傻子！我想要穿一件花花的外套。

公爵 你可以有一件。

杰奎斯 这是我唯一的要求；只要殿下明鉴，除掉一切成见，别把我当聪明人看待；同时要准许我有像风那样广大的自由，高兴吹着谁便吹着谁：傻子们是有这种权利的，那些最被我的傻话所挖苦的人也最应该笑。殿下，为什么他们必须这样呢？这理由正和到教区礼拜堂去的路一样清楚：被一个傻子用俏皮话讥刺了的人，即使刺痛了，假如不装出一副若无其事的样子来，那么就显出聪明人的傻气，可以被傻子不经意一箭就刺穿，未免太傻了。给我穿一件彩衣，准许我说我心里的话；我一定会痛痛快快地把这染病的世界的丑恶的身体清洗个干净，假如他们肯耐心接受我的药方。

公爵 算了吧！我知道你会做出些什么来。

杰奎斯　我可以拿一根筹码打赌，我做的事会不好吗？

公爵　最坏不过的罪恶，就是指斥他人的罪恶：因为你自己也曾经是一个放纵你的兽欲的浪子；你要把你那身因为你的荒唐而长起来的臃肿的脓疮、溃烂的恶病，向全世界播散。

杰奎斯　什么，呼斥人间的奢侈，难道便是对于个人的攻击吗？奢侈的习俗不是像海潮一样浩瀚地流着，直到力竭而消退吗？假如我说城里的那些小户人家的妇女穿扮得像王公大人的女眷一样，我指明是哪一个女人吗？谁能挺身出来说我说的是她，假如她的邻居也是和她一个样子？一个操着最微贱行业的人，假如心想我讥讽了他，说他的好衣服不是我出的钱，那不是恰恰把他的愚蠢合上了我说的话吗？照此看来，又有什么关系呢？指给我看我的话伤害了他什么地方：要是说的对，那是他自取其咎；假如他问心无愧，那么我的责骂就像是一头野鸭飞过，不干谁的事。——可是谁来了？

　　　　　　奥兰多拔剑上。

奥兰多　停住，不准吃！

杰奎斯　嘿，我还不曾吃过呢。

奥兰多　而且也不会再给你吃，除非让饿肚子的人先吃过了。

杰奎斯　这头公鸡是哪儿来的？

公爵　朋友，你是因为落难而变得这样强横吗？还是因为生来就是瞧不起礼貌的粗汉子，一点儿不懂得规矩？

奥兰多　你第一下就猜中我了，困苦逼迫着我，使我不得不把温文的礼貌抛在一旁；可是我却是在都市生长，受过一点儿教养的。但是我吩咐你们停住；在我的事情没有办完之前，

皆大欢喜

谁碰一碰这些果子，就得死。

杰奎斯　你要是无理可喻，那么我准得死。

公爵　你要什么？假如你不用暴力，客客气气地向我们说，我们一定会更客客气气地对待你的。

奥兰多　我快饿死了；给我吃。

公爵　请坐请坐，随意吃吧。

奥兰多　你说得这样客气吗？请你原谅我，我以为这儿的一切都是野蛮的，因此才装出这副暴横的威胁神气来。可是不论你们是些什么人，在这儿人踪不到的荒野里，躺在凄凉的树荫下，不理会时间的消逝；假如你们曾经见过较好的日子，假如你们曾经到过鸣钟召集礼拜的地方，假如你们曾经参加过上流人的宴会，假如你们曾经揩过你们眼皮上的泪水，懂得怜悯和被怜悯的，那么让我的温文的态度格外感动你们：我抱着这样的希望，惭愧地藏好我的剑。

公爵　我们确曾见过好日子，曾经被神圣的钟声召集到教堂里去，参加过上流人的宴会，从我们的眼上揩去过被神圣的怜悯所感动而流下的眼泪；所以你不妨和和气气地坐下来，凡是我们可以帮忙满足你需要的地方，一定愿意效劳。

奥兰多　那么请你们暂时不要把东西吃掉，我就去像一只母鹿一样找寻我的小鹿，把食物喂给他吃。有一位可怜的老人家，全然出于好心，跟着我一跷一拐地走了许多疲乏的路，双重的劳瘁——他的高龄和饥饿——累倒了他；除非等他饱餐了之后，我决不接触一口食物。

公爵　快去找他，我们绝对不把东西吃掉，等着你回来。

奥兰多 谢谢；愿您好心有好报！（下。）

公爵 你们可以看到不幸的不只是我们；这个广大的宇宙的舞台上，还有比我们所演出的更悲惨的场景呢。

杰奎斯 全世界是一个舞台，所有的男男女女不过是一些演员；他们都有下场的时候，也都有上场的时候。一个人的一生中扮演着好几个角色，他的表演可以分为七个时期。最初是婴孩，在保姆的怀中啼哭呕吐。然后是背着书包、满脸红光的学童，像蜗牛一样慢腾腾地拖着脚步，不情愿地呜咽着上学堂。然后是情人，像炉灶一样叹着气，写了一首悲哀的诗歌咏着他恋人的眉毛。然后是一个军人，满口发着古怪的誓，胡须长得像豹子一样，爱惜着名誉，动不动就要打架，在炮口上寻求着泡沫一样的荣名。然后是法官，胖胖圆圆的肚子塞满了阉鸡，凛然的眼光，整洁的胡须，满嘴都是格言和老生常谈；他这样扮了他的一个角色。第六个时期变成了精瘦的趿着拖鞋的龙钟老叟，鼻子上架着眼镜，腰边悬着钱袋；他那年轻时候节省下来的长袜子套在他皱瘪的小腿上显得宽大异常；他那朗朗的男子的口音又变成了孩子似的尖声，像是吹着风笛和哨子。终结着这段古怪的多事的历史的最后一场，是孩提时代的再现，全然的遗忘，没有牙齿，没有眼睛，没有口味，没有一切。

　　　　　　　奥兰多背亚当重上。

公爵 欢迎！放下你背上那位可敬的老人家，让他吃东西吧。

奥兰多 我代他向您竭诚道谢。

亚当 您真该代他道谢；我简直不能为自己向您开口道谢呢。

公爵　欢迎，请用吧；我还不会马上就来打扰你，问你的遭遇。
　　给我们奏些音乐；贤卿，你唱吧。

阿米恩斯　（唱）

不惧冬风凛冽，

风威远难遮及

人世之寡情；

其为气也虽厉，

其牙尚非甚锐，

风体本无形。

噫嘻乎！且向冬青歌一曲：

友交皆虚妄，恩爱痴人逐。

噫嘻乎冬青！

可乐唯此生。

不愁冱天冰雪；

其寒尚难遮及，

受施而忘恩；

风皱满池碧水，

利刺尚难遮比

捐旧之友人。

噫嘻乎！且向冬青歌一曲：

友交皆虚妄，恩爱痴人逐。

噫嘻乎冬青！

可乐唯此生。

公爵　照你刚才悄声儿老老实实告诉我的，你说你是好罗兰爵士的儿子，我看你的相貌也真的十分像他；如果不是假的，那么我真心欢迎你到这儿来。我便是敬爱你父亲的那个公爵。关于你其他的遭遇，到我的洞里来告诉我吧。好老人家，我们欢迎你像欢迎你的主人一样。搀扶着他。把你的手给我，让我明白你们一切的经过。（众下。）

第三幕

第一场　宫中一室

弗莱德里克公爵、奥列佛、众臣及侍从等上。

弗莱德里克　以后没有见过他！哼，哼，不见得吧。倘不是因为仁慈在我的心里占了上风，有着你在眼前，我尽可以不必找一个不在的人出气的。可是你留心着吧，不论你的兄弟在什么地方，都得去给我找来；点起灯笼去寻访吧；在一年之内，要把他不论死活找到，否则你不用再在我们的领土上过活了。你的土地和一切你自命为属于你的东西，值得没收的我们都要没收，除非等你能够凭着你兄弟的招供洗刷去我们对你的怀疑。

奥列佛　求殿下明鉴！我从来就不曾喜欢过我的兄弟。

弗莱德里克　这可见你更是个坏人。好，把他赶出去；吩咐该管官吏把他的房屋土地没收。赶快把这事办好，叫他滚蛋。

（众下。）

第二场　亚登森林

奥兰多携纸上。

奥兰多　悬在这里吧，我的诗，证明我的爱情；

你三重王冠的夜间的女王[①]，请临视，

从苍白的昊天，用你那贞洁的眼睛，

那支配我生命的，你那猎伴[②]的名字。

啊，罗瑟琳！这些树林将是我的书册，

我要在一片片树皮上镂刻下相思，

好让每一个来到此间的林中游客，

任何处见得到颂赞她美德的言辞。

走，走，奥兰多；去在每株树上刻着伊，

那美好的、幽娴的、无可比拟的人儿。（下。）

柯林及试金石上。

柯林　您喜欢不喜欢这种牧人的生活，试金石先生？

试金石　说老实话，牧人，按着这种生活的本身说起来，倒是一

种很好的生活；可是按着这是一种牧人的生活说起来，那

---

①三重王冠的女王指黛安娜女神，因为她在天上为琉娜（Luna），在地上为狄安娜，在幽冥为普洛塞庇那（Proserpina）。

②狄安娜又为司狩猎的女神，又为处女的保护神，故奥兰多以罗瑟琳为她的猎伴。

皆大欢喜

就毫不足取了。照它的清静而论，我很喜欢这种生活；可是照它的寂寞而论，实在是一种很坏的生活。看到这种生活是在田间，很使我满意；可是看到它不是在宫廷里，那简直很无聊。你瞧，这是一种很经济的生活，因此倒怪合我的脾胃；可是它未免太寒伧了，因此我过不来。你懂不懂得一点哲学，牧人？

柯林 我只知道这一点儿：一个人越是害病，他越是不舒服；钱财、资本和知足，是人们缺少不来的三位好朋友；雨湿淋衣，火旺烧柴；好牧场产肥羊，天黑是因为没有了太阳；生来愚笨怪祖父，学而不慧师之惰。

试金石 这样一个人是天生的哲学家了。有没有到过宫廷里，牧人？

柯林 没有，不瞒您说。

试金石 那么你这人就该死了。

柯林 我希望不致于吧？

试金石 真的，你这人该死，就像一个煎得不好一面焦的鸡蛋。

柯林 因为没有到过宫廷里吗？请问您的理由。

试金石 喏，要是你从来没有到过宫廷里，你就不曾见过好礼貌；要是你从来没有见过好礼貌，你的举止一定很坏；坏人就是有罪的人，有罪的人就该死。你的情形很危险呢，牧人。

柯林 一点不，试金石。在宫廷里算作好礼貌的，在乡野里就会变成可笑，正像乡下人的行为一到了宫廷里就显得寒伧一样。您对我说过你们在宫廷里只要见人打招呼就要吻手；要是宫廷里的老爷们都是牧人，那么这种礼貌就要嫌太腌龌了。

试金石 有什么证据？简单地说；来，说出理由来。

柯林 喏，我们的手常常要去碰着母羊；它们的毛，您知道，是很油腻的。

试金石 嘿，廷臣们的手上不是也要出汗的吗？羊身上的脂肪比起人身上的汗腻来，不是一样干净的吗？浅薄！浅薄！说出一个好一点的理由来，说吧。

柯林 而且，我们的手很粗糙。

试金石 那么你们的嘴唇格外容易感到它们。还是浅薄！再说一个充分一点的理由，说吧。

柯林 我们的手在给羊们包扎伤处的时候总是涂满了焦油；您要我们跟焦油接吻吗？宫廷里的老爷们手上都是涂着麝香的。

试金石 浅薄不堪的家伙！把你跟一块好肉比起来，你简直是一块给蛆虫吃的臭肉！用心听聪明人的教训吧：麝香是一只猫身上流出来的龌龊东西，它的来源比焦油脏得多呢。把你的理由修正修正吧，牧人。

柯林 您太会讲话了，我说不过您；我不说了。

试金石 你就甘心该死吗？上帝保佑你，浅薄的人！上帝把你好好针砭一下！你太不懂世事了。

柯林 先生，我是一个道地的做活的；我用自己的力量换饭吃换衣服穿；不跟别人结怨，也不妒羡别人的福气；瞧着人家得意我也高兴，自己倒了霉就自宽自解；我的最大的骄傲就是瞧我的母羊吃草，我的羔羊啜奶。

试金石 这又是你的一桩因为傻气而造下的孽：你把母羊和公羊

拉拢在一起，靠着它们的配对来维持你的生活；给挂铃的羊当龟奴，替一头歪脖子的老忘八公羊把才一岁的雌儿骗诱失身，也不想到合配不合配；要是你不会因此而下地狱，那么魔鬼也没有人给他牧羊了。我想不出你有什么豁免的希望。

柯林　盖尼米德大官人来了，他是我的新主妇的哥哥。

　　　　罗瑟琳读一张字纸上。

罗瑟琳

从东印度到西印度找遍奇珍，
没有一颗珠玉比得上罗瑟琳。
她的名声随着好风播满诸城，
整个世界都在仰慕着罗瑟琳。
画工描摹下一幅幅倩影真真，
都要黯然无色一见了罗瑟琳。
任何的脸貌都不用铭记在心，
单单牢记住了美丽的罗瑟琳。

试金石　我可以给您这样凑韵下去凑它整整的八年，吃饭和睡觉的时间除外。这好像是一连串上市去卖奶油的好大娘。

罗瑟琳　啐，傻子!

试金石　试一下看：

要是公鹿找不到母鹿很伤心，
不妨叫它前去寻找那罗瑟琳。
倘说是没有一只猫儿不叫春，
心同此情有谁能责怪罗瑟琳?
冬天的衣裳棉花应该衬得温，

免得冻坏了娇怯怯的罗瑟琳。

割下的田禾必须捆得端端整，

一车的禾捆上装着个罗瑟琳。

最甜蜜的果子皮儿酸痛了唇，

这种果子的名字便是罗瑟琳。

有谁想找到玫瑰花开香喷喷，

就会找到爱的棘刺和罗瑟琳。

这简直是胡扯的歪诗；您怎么也会给这种东西沾上了呢？

罗瑟琳　　别多嘴，你这蠢傻瓜！我在一株树上找到它们的。

试金石　　真的，这株树生的果子太坏。

罗瑟琳　　那我就把它和你接种在一起，把它和爱乱缠的枸杞接种
　　　　　在一起；这样它就是地里最早的果子了；因为你没等半熟
　　　　　就会烂掉的，这正是爱乱缠的枸杞的特点。

　　　　　　　　西莉娅读一张字纸上。

罗瑟琳　　静些！我的妹妹读着些什么来了；站旁边去。

西莉娅

为什么这里是一片荒碛？

因为没有人居住吗？不然，

我要叫每株树长起喉舌，

吐露出温文典雅的语言：

或是慨叹着生命一何短，

匆匆跑完了游子的行程，

只须把手掌轻轻翻个转，

便早已终结人们的一生；

或是感怀着旧盟今已冷，

皆大欢喜

同心的契友忘却了故交；
但我要把最好树枝选定，
缀附在每行诗句的终梢，
罗瑟琳三个字小名美妙，
向普世的读者遍告周知。
莫看她苗条的一身娇小，
宇宙间的精华尽萃于兹；
造物当时曾向自然诏示，
吩咐把所有的绝世姿才
向纤纤一躯中合炉熔制，
累天工费去不少的安排：
负心的海伦醉人的脸蛋，
克莉奥佩特拉威仪丰容。
阿塔兰忒①的柳腰儿款摆，
鲁克丽西娅②的节操贞松：
劳动起玉殿上诸天仙众，
造成这十全十美罗瑟琳；
荟萃了各式的妍媚万种，
选出一副俊脸目秀精神。
上天给她这般恩赐优渥，
我命该终身做她的臣仆。

———————

①阿塔兰忒（Atalanta），希腊传说中善疾走的美女。
②鲁克丽西娅（Lucretia），莎士比亚叙事诗《鲁克丽丝受辱记》中的主角。

罗瑟琳　啊，最温柔的宣教师！您的恋爱的说教是多么噜苏得叫您的教民听了厌烦，可是您却也不喊一声，"请耐心一点，好人们。"

西莉娅　啊！朋友们，退后去！牧人，稍为走开一点；跟他去，小子。

试金石　来，牧人，让我们堂堂退却：大小箱笼都不带，只带一个头陀袋。（柯林、试金石下。）

西莉娅　你有没有听见这种诗句？

罗瑟琳　啊，是的，我都听见了。真是大块文章；有些诗句里多出好几步，拖都拖不动。

西莉娅　那没关系，步子可以拖着诗走。

罗瑟琳　不错，但是这些步子自己就不是四平八稳的，没有诗韵的帮助，简直寸步难行；所以只能勉强塞在那里。

西莉娅　但是你听见你的名字被人家悬挂起来，还刻在这种树上，不觉得奇怪吗？

罗瑟琳　人家说一件奇事过了九天便不足为奇；在你没有来之前，我已经过了第七天了。瞧，这是我在一株棕榈树上找到的。自从毕达哥拉斯的时候以来，我从不曾被人这样用诗句咒过；那时我是一只爱尔兰的老鼠①，现在简直记也记不起来了。

西莉娅　你想这是谁干的？

罗瑟琳　是个男人吗？

西莉娅　而且有一根链条，是你从前带过的，套在他的颈上。你

---

①念咒驱除老鼠为爱尔兰人一种迷信习俗。

皆大欢喜

脸红了吗?

罗瑟琳　请你告诉我是谁?

西莉娅　主啊!主啊!朋友们见面真不容易;可是两座高山也许
　　会给地震搬了家而碰起头来。

罗瑟琳　嗳,但是究竟是谁呀?

西莉娅　真的猜不出来吗?

罗瑟琳　嗳,我使劲地央求你告诉我他是谁。

西莉娅　奇怪啊!奇怪啊!奇怪到无可再奇怪的奇怪!奇怪而又
　　奇怪!说不出来的奇怪!

罗瑟琳　我要脸红起来了!你以为我打扮得像个男人,就会在精
　　神上也穿起男装来吗?你再耽延一刻不再说出来,就要累
　　我在汪洋大海里作茫茫的探索了。请你快快告诉我他是谁,
　　不要吞吞吐吐。我倒希望你是个口吃的,那么你也许会把
　　这个保守着秘密的名字不期然而然地打你嘴里吐出来,就
　　像酒从狭口的瓶里倒出来一样,不是一点都倒不出,就是
　　一下子出来了许多。求求你拔去你嘴里的塞子,让我饮着
　　你的消息吧。

西莉娅　那么你要把那人儿一口气吞下肚子里去是不是?

罗瑟琳　他是上帝造下来的吗?是个什么样子的人?他的头戴上
　　一顶帽子显不显得寒伧?他的下巴留着一把胡须像不像个
　　样儿?

西莉娅　不,他只有一点点儿胡须。

罗瑟琳　哦,要是这家伙知道好歹,上帝会再给他一些的。要是
　　你立刻就告诉我他的下巴是怎么一个样子,我愿意等候他
　　长起须来。

西莉娅　他就是年轻的奥兰多，一下子把那拳师的脚跟和你的心一起绊跌了个斤斗的。

罗瑟琳　嗳，取笑人的让魔鬼抓了去；像一个老老实实的好姑娘似的，规规矩矩说吧。

西莉娅　真的，姊姊，是他。

罗瑟琳　奥兰多？

西莉娅　奥兰多。

罗瑟琳　嗳哟！我这一身大衫短裤该怎么办呢？你看见他的时候他在作些什么？他说些什么？他瞧上去怎样？他穿着些什么？他为什么到这儿来？他问起我吗？他住在哪儿？他怎样跟你分别的？你什么时候再去看他？用一个字回答我。

西莉娅　你一定先要给我向卡冈都亚①借一张嘴来才行；像我们这时代的人，一张嘴里是装不下这么大的一个字的。要是一句句都用"是"和"不"回答起来，也比考问教理还麻烦呢。

罗瑟琳　可是他知道我在这林子里，打扮做男人的样子吗？他是不是跟摔角的那天一样有精神？

西莉娅　回答情人的问题，就像数微尘的粒数一般为难。你好好听我讲我怎样找到他的情形，静静地体味着吧。我看见他在一株树底下，像一颗落下来的橡果。

罗瑟琳　树上会落下这样果子来，那真可以说是神树了。

西莉娅　好小姐，听我说。

────────────

①卡冈都亚（Gargantua），法国拉伯雷（Rabelais）《巨人传》中的饕餮巨人。

皆大欢喜

罗瑟琳 讲下去。

西莉娅 他直挺挺地躺在那儿，像一个受伤的骑士。

罗瑟琳 虽然这种样子有点可怜相，可是地上躺着这样一个人，倒也是很合适的。

西莉娅 喊你的舌头停步吧；它简直随处乱跳。——他打扮得像个猎人。

罗瑟琳 嗳哟，糟了！他要来猎取我的心了。

西莉娅 我唱歌的时候不要别人和着唱；你缠得我弄错拍子了。

罗瑟琳 你不知道我是个女人吗？我心里想到什么，便要说出口来。好人儿，说下去吧。

西莉娅 你已经打断了我的话头。且慢！他不是来了吗？

罗瑟琳 是他；我们躲在一旁瞧着他吧。

奥兰多及杰奎斯上。

杰奎斯 多谢相陪；可是说老实话，我倒是喜欢一个人清静些。

奥兰多 我也是这样；可是为了礼貌的关系，我多谢您的作伴。

杰奎斯 上帝和您同在！让我们越少见面越好。

奥兰多 我希望我们还是不要相识的好。

杰奎斯 请您别再在树皮上写情诗糟蹋树木了。

奥兰多 请您别再用难听的声调念我的诗，把它们糟蹋了。

杰奎斯 您的情人的名字是罗瑟琳吗？

奥兰多 正是。

杰奎斯 我不喜欢她的名字。

奥兰多 她取名的时候，并没有打算要您喜欢。

杰奎斯 她的身材怎样？

奥兰多 恰恰够得到我的心头那样高。

杰奎斯　您怪会说俏皮的回答；您是不是跟金匠们的妻子有点儿交情，因此把戒指上的警句都默记下来了？

奥兰多　不，我都是用彩画的挂帏上的话儿来回答您；您的问题也是从那儿学来的。

杰奎斯　您的口才很敏捷，我想是用阿塔兰忒的脚跟做成的。我们一块儿坐下来好不好？我们两人要把世界痛骂一顿，大发一下牢骚。

奥兰多　我不愿责骂世上的有生之伦，除了我自己；因为我知道自己的错处最明白。

杰奎斯　您的最坏的错处就是要恋爱。

奥兰多　我不愿把这个错处来换取您的最好的美德。您真叫我腻烦。

杰奎斯　说老实话，我遇见您的时候，本来是在找一个傻子。

奥兰多　他掉在溪水里淹死了，您向水里一望，就可以瞧见他。

杰奎斯　我只瞧见我自己的影子。

奥兰多　那我以为倘不是个傻子，定然是个废物。

杰奎斯　我不想再跟您在一起了。再见，多情的公子。

奥兰多　我巴不得您走。再会，忧愁的先生。（杰奎斯下。）

罗瑟琳　我要像一个无礼的小厮一样去向他说话，跟他捣捣乱。——听见我的话吗，树林里的人？

奥兰多　很好，你有什么话说？

罗瑟琳　请问现在是几点钟？

奥兰多　你应该问我现在是什么时辰；树林里哪来的钟？

罗瑟琳　那么树林里也不会有真心的情人了；否则每分钟的叹气，每点钟的呻吟，该会像时钟一样计算出时间的懒懒的脚步来的。

奥兰多　为什么不说时间的快步呢？那样说不对吗？

罗瑟琳　不对，先生。时间对于各种人有各种的步法。我可以告诉你时间对于谁是走慢步的，对于谁是跨着细步走的，对于谁是奔着走的，对于谁是立定不动的。

奥兰多　请问他对于谁是跨着细步走的？

罗瑟琳　呃，对于一个订了婚还没有成礼的姑娘，时间是跨着细步有气无力地走着的；即使这中间只有一星期，也似乎有七年那样难过。

奥兰多　对于谁时间是走着慢步的？

罗瑟琳　对于一个不懂拉丁文的牧师，或是一个不害痛风的富翁：一个因为不能读书而睡得很酣畅，一个因为没有痛苦而活得很高兴；一个可以不必辛辛苦苦地钻研，一个不知道有贫穷的艰困。对于这种人，时间是走着慢步的。

奥兰多　对于谁他是奔着走的？

罗瑟琳　对于一个上绞架的贼子；因为虽然他尽力放慢脚步，他还是觉得到得太快了。

奥兰多　对于谁他是静止不动的？

罗瑟琳　对于在休假中的律师，因为他们在前后开庭的时期之间，完全昏睡过去，不觉到时间的移动。

奥兰多　可爱的少年，你住在哪儿？

罗瑟琳　跟这位牧羊姑娘，我的妹妹，住在这儿的树林边，正像裙子上的花边一样。

奥兰多　你是本地人吗？

罗瑟琳　跟那头你看见的兔子一样，它的住处就是它生长的地方。

奥兰多 住在这种穷乡僻壤，你的谈吐却很高雅。

罗瑟琳 好多人都曾经这样说我；其实是因为我有一个修行的老伯父，他本来是在城市里生长的，是他教导我讲话；他曾经在宫廷里闹过恋爱，因此很懂得交际的门槛。我曾经听他发过许多反对恋爱的议论；多谢上帝我不是个女人，不会犯到他所归咎于一般女性的那许多心性轻浮的罪恶。

奥兰多 你记不记得他所说的女人的罪恶当中主要的几桩？

罗瑟琳 没有什么主要不主要的，跟两个铜子相比一样，全差不多；每一件过失似乎都十分严重，可是立刻又有一件出来可以赛过它。

奥兰多 请你说几件看。

罗瑟琳 不，我的药是只给病人吃的。这座树林里常常有一个人来往，在我们的嫩树皮上刻满了"罗瑟琳"的名字，把树木糟蹋得不成样子；山楂树上挂起了诗篇，荆棘枝上吊悬着哀歌，说来说去都是把罗瑟琳的名字捧作神明。要是我碰见了那个卖弄风情的家伙，我一定要好好给他一番教训，因为他似乎害着相思病。

奥兰多 我就是那个给爱情折磨的他。请你告诉我你有什么医治的方法。

罗瑟琳 我伯父所说的那种记号在你身上全找不出来，他曾经告诉我怎样可以看出来一个人是在恋爱着；我可以断定你一定不是那个草扎的笼中的囚人。

奥兰多 什么是他所说的那种记号呢？

罗瑟琳 一张瘦瘦的脸庞，你没有；一双眼圈发黑的凹陷的眼睛，你没有；一副懒得跟人家交谈的神气，你没有；一脸忘记了修剃的胡子，你没有；——可是那我可以原谅你，因为你的胡子本来就像小兄弟的产业一样少得可怜。而且你的袜子上应当是不套袜带的，你的帽子上应当是不结帽纽的，你的袖口的钮扣应当是脱开的，你的鞋子上的带子应当是松散的，你身上的每一处都要表示出一种不经心的疏懒。可是你却不是这样一个人；你把自己打扮得这么齐整，瞧你倒有点顾影自怜，全不像在爱着什么人。

奥兰多　美貌的少年，我希望我能使你相信我是在恋爱。

罗瑟琳　我相信！你还是叫你的爱人相信吧。我可以断定，她即使容易相信你，她嘴里也是不肯承认的；这也是女人们不老实的一点。可是说老实话，你真的便是把恭维着罗瑟琳的诗句悬挂在树上的那家伙吗？

奥兰多　少年，我凭着罗瑟琳的玉手向你起誓，我就是他，那个不幸的他。

罗瑟琳　可是你真的像你诗上所说的那样热恋着吗？

奥兰多　什么也不能表达我的爱情的深切。

罗瑟琳　爱情不过是一种疯狂；我对你说，有了爱情的人，是应该像对待一个疯子一样，把他关在黑屋子里用鞭子抽一顿的。那么为什么他们不用这种处罚的方法来医治爱情呢？因为那种疯病是极其平常的，就是拿鞭子的人也在恋爱哩。可是我有医治它的法子。

奥兰多　你曾经医治过什么人吗？

罗瑟琳　是的，医治过一个；法子是这样的：他假想我是他的爱人，他的情妇，我叫他每天都来向我求爱；那时我是一个善变的少年，便一会儿伤心，一会儿温存，一会儿翻脸，一会儿思慕，一会儿欢喜；骄傲、古怪、刁钻、浅薄、轻浮，有时满眼的泪，有时满脸的笑。什么情感都来一点儿，但没有一种是真切的，就像大多数的孩子们和女人们一样；有时欢喜他，有时讨厌他，有时讨好他，有时冷淡他，有时为他哭泣，有时把他唾弃：我这样把我这位求爱者从疯狂的爱逼到真个疯狂起来，以至于抛弃人世，做起隐士来了。我用这种方法治好了他，我也可以用这种方法把你的心肝洗得干干净净，像一颗没有毛病的羊心一样，再没有一点爱情的痕迹。

奥兰多 我不愿意治好，少年。

罗瑟琳 我可以把你治好，假如你把我叫作罗瑟琳，每天到我的草屋里来向我求爱。

奥兰多 凭着我的恋爱的真诚，我愿意。告诉我你住在什么地方。

罗瑟琳 跟我去，我可以指点给你看；一路上你也要告诉我你住在林中的什么地方。去吗？

奥兰多 很好，好孩子。

罗瑟琳 不，你一定要叫我罗瑟琳。来，妹妹，我们去吧。

（同下。）

第三场　林中的另一部分

试金石及奥德蕾上；杰奎斯随后。

试金石 快来，好奥德蕾；我去把你的山羊赶来。怎样，奥德蕾？我还不曾是你的好人儿吗？我这副粗鲁的神气你中意吗？

奥德蕾 您的神气！天老爷保佑我们！什么神气？

试金石 我陪着你和你的山羊在这里，就像那最会梦想的诗人奥维德在一群哥特人中间一样。

杰奎斯 （旁白）唉，学问装在这么一副躯壳里，比乔武住在草棚里更坏！

试金石 要是一个人写的诗不能叫人懂，他的才情不能叫人理解，那比之小客栈里开出一张大账单来还要命。真的，我希望神们把你变得诗意一点。

奥德蕾 我不懂得什么叫做"诗意一点"。那是一句好话，一件好事情吗？那是诚实的吗？

试金石 老实说，不，因为最真实的诗是最虚妄的；情人们都富于诗意，他们在诗里发的誓，可以说都是情人们的假话。

奥德蕾 那么您愿意天爷爷们把我变得诗意一点吗？

试金石 是的，不错；因为你发誓说你是贞洁的，假如你是个诗人，我就可以希望你说的是假话了。

奥德蕾 您不愿意我贞洁吗？

试金石 对了，除非你生得难看；因为贞洁跟美貌碰在一起，就像在糖里再加蜜。

杰奎斯 （旁白）好一个有见识的傻瓜！

奥德蕾 好，我生得不好看，因此我求求天爷爷们让我贞洁吧。

试金石 真的，把贞洁丢给一个丑陋的懒女人，就像把一块好肉盛在龌龊的盆子里。

奥德蕾 我不是个懒女人，虽然我谢谢天爷爷们我是丑陋的。

试金石 好吧，感谢天爷爷们把丑陋赏给了你！懒惰也许会跟着来的。可是不管这些，我一定要跟你结婚；为了这事我已经去见过邻村的牧师奥列佛·马坦克斯特师傅，他已经答应在这儿树林里会我，给我们配对。

杰奎斯　（旁白）我倒要瞧瞧这场热闹。

奥德蕾　好，天爷爷们保佑我们快活吧！

试金石　阿门！倘使是一个胆小的人，也许不敢贸然从事；因为这儿没有庙宇，只有树林，没有宾众，只有一些出角的畜生；但这有什么要紧呢？放出勇气来！角虽然讨厌，却也是少不来的。人家说，"许多人有数不清的家私；"对了，许多人也有数不清的好角儿。好在那是他老婆陪嫁来的妆奁，不是他自己弄到手的。出角吗？有什么要紧？只有苦人儿才出角吗？不，不，最高贵的鹿和最寒伧的鹿长的角儿一样大呢。那么单身汉便算是好福气吗？不，城市总比乡村好些，已婚者隆起的额角，也要比未婚者平坦的额角体面得多；懂得几手击剑法的，总比一点不会的好些，因此有角也总比没角强。奥列佛师傅来啦。

　　　　奥列佛·马坦克斯特师傅上。

试金石　奥列佛·马坦克斯特师傅，您来得巧极了。您还是就在这树下替我们把事情办了呢，还是让我们跟您到您的教堂里去？

马坦克斯特　这儿没有人可以把这女人作主嫁出去吗？

试金石　我不要别人把她布施给我。

马坦克斯特　真的，她一定要有人作主许嫁，否则这种婚姻便不合法。

杰奎斯　（上前）进行下去，进行下去；我可以把她许嫁。

试金石　晚安，某某先生；您好，先生？欢迎欢迎！上次多蒙照顾，不胜感激。我很高兴看见您。我现在有一点点儿小事，先生。嗳，请戴上帽子。

杰奎斯　你要结婚了吗，傻瓜？

试金石　先生，牛有轭，马有勒，猎鹰腿上挂金铃，人非木石岂无情？鸽子也要亲个嘴儿；女大当嫁，男大当婚。

杰奎斯　像你这样有教养的人，却愿意在一棵树底下像叫化子那样成亲吗？到教堂里去，找一位可以告诉你们婚姻的意义的好牧师。要是让这个家伙把你们像钉墙板似的钉在一起，你们中间总有一个人会像没有晒干的木板一样干缩起来，越变越弯的。

试金石　（旁白）我倒以为让他给我主婚比别人好一点，因为瞧他的样子是不会像像样样地主持婚礼的；假如结婚结得草率一些，以后我可以借口离弃我的妻子。

杰奎斯　你跟我来，让我指教指教你。

试金石　来，好奥德蕾。我们一定得结婚，否则我们只好通奸。再见，好奥列佛师傅，不是

　　　亲爱的奥列佛！
　　　勇敢的奥列佛！
　　　请你不要把我丢弃；[1]
而是
　　　走开去，奥列佛！
　　　滚开去，奥列佛！

---

[1] "亲爱的奥列佛"三句为俗歌中的断句。

我们不要你行婚礼。(杰奎斯、试金石、奥德蕾同下。)

马坦克斯特　不要紧,这一批荒唐的混蛋谁也不能讥笑掉我的饭
碗。(下。)

第四场　林中的另一部分

罗瑟琳及西莉娅上。

罗瑟琳　别跟我讲话;我一定要哭。

西莉娅　你就哭吧;可是你还得想一想男人是不该流眼泪的。

罗瑟琳　但我岂不是有应该哭的理由吗?

西莉娅　理由是再充分也没有的了;所以你哭吧。

罗瑟琳　瞧他的头发的颜色,就可以看出来他是个坏东西。

西莉娅　比犹大的头发颜色略为深些;他的接吻就是犹大一脉相
传下来的。

罗瑟琳　凭良心说一句,他的头发颜色很好。

西莉娅　那颜色好极了;栗色是最好的颜色。

罗瑟琳　他的接吻神圣得就像圣餐面包触到唇边一样。

西莉娅　他买来了一对狄安娜用过的嘴唇;一个凛若冰霜的尼
姑也不会吻得像他那样虔诚;他的嘴唇里就有着冷冰冰
的贞洁。

罗瑟琳　可是他为什么发誓说今天早上要来,却偏偏不来呢?

西莉娅　不用说,他这人没有半分真心。

罗瑟琳　你是这样想吗?

西莉娅　是的。我想他不是个扒儿手,也不是个盗马贼;可是要

说起他的爱情的真不真来，那么我想他就像一只盖好了的空杯子，或是一枚蛀空了的硬壳果一样空心。

罗瑟琳　他的恋爱不是真心吗？

西莉娅　他在恋爱的时候，他是真心的；可是我以为他并不在恋爱。

罗瑟琳　你不是听见他发誓说他的的确确在恋爱吗？

西莉娅　从前说是，现在却不一定是；而且情人们发的誓，是和堂倌嘴里的话一样靠不住的，他们都是惯报虚账的家伙。他在这儿树林子里跟公爵你的父亲在一块儿呢。

罗瑟琳　昨天我碰见公爵，跟他谈了好久。他问我的父母是怎样的人；我对他说，我的父母跟他一样高贵；他大笑着让我走了。可是我们现在有像奥兰多这么一个人，还要谈父亲做什么呢？

西莉娅　啊，好一个出色的人！他写得一手好诗，讲得一口漂亮话，发着动听的誓，再堂而皇之地毁了誓，同时碎了他情人的心；正如一个拙劣的枪手，骑在马上一面歪，像一头好鹅一样把他的枪杆折断了。但是年轻人凭着血气和痴劲做出来的事，总是很出色的。——谁来了？

　　　　　柯林上。

柯林　姑娘和大官人，你们不是常常问起那个害相思病的牧人，那天你们不是看见他和我坐在草地上，称赞着他的情人，那个盛气凌人的牧羊女吗？

西莉娅　嗯，他怎样啦？

柯林　要是你们想看一本认真扮演的好戏，一面是因为情痴而容颜惨白，一面是因为傲慢而满脸绯红；只要稍走几步路，

62

我可以领你们去，看一个痛快。

罗瑟琳　啊！来，让我们去吧。在恋爱中的人，欢喜看人家相恋。带我们去看；我将要在他们的戏文里当一名重要的角色。（同下。）

第五场　林中的另一部分

西尔维斯及菲苾上。

西尔维斯　亲爱的菲苾，不要讥笑我；请不要，菲苾！您可以说您不爱我，但不要说得那样狠。习惯于杀人的硬心肠的刽子手，在把斧头向低俯的颈项上劈下的时候也要先说一声对不起；难道您会比这种靠着流血为生的人心肠更硬吗？

罗瑟琳、西莉娅及柯林自后上。

菲苾　我不愿做你的刽子手，我逃避你，因为我不愿伤害你。你对我说我的眼睛会杀人；这种话当然说得很好听，很动人；眼睛本来是最柔弱的东西，一见了些微尘就会胆小得关起门来，居然也会给人叫作暴君、屠夫和凶手！现在我使劲地抡起白眼瞧着你；假如我的眼睛能够伤人，那么让它们把你杀死了吧：现在你可以假装晕过去了啊；嘿，现在你可以倒下去了呀；假如你并不倒下去，哼！羞啊，羞啊，你可别再胡说，说我的眼睛是凶手了。现在你且把我的眼睛加在你身上的伤痕拿出来看。单单用一枚针儿划了一下，也会有一点疤痕；握着一根灯心草，你的手掌上也会有一刻儿留着痕迹；可是我的眼光现在向你投射，却不

皆大欢喜

曾伤了你：我相信眼睛里是决没有可以伤人的力量的。

西尔维斯 啊，亲爱的菲苾，要是有一天——也许那一天就近在眼前——您在谁个清秀的脸庞上看出了爱情的力量，那时您就会感觉到爱情的利箭所加在您心上的无形的创伤了。

菲苾 可是在那一天没有到来之前，你不要走近我吧。如其有那一天，那么你可以用你的讥笑来凌虐我，却不用可怜我；因为不到那时候，我总不会可怜你的。

罗瑟琳 （上前）为什么呢，请问？谁是你的母亲，生下了你来，把这个不幸的人这般侮辱，如此欺凌？你生得不漂亮——老实说，我看你还是晚上不用点蜡烛就钻到被窝里去的好——难道就该这样骄傲而无情吗？——怎么，这是什么意思？你望着我做什么？我瞧你不过是一件天生的粗货罢了。他妈的！我想她要打算迷住我哩。不，老实说，骄傲的姑娘，你别做梦吧！凭着你的黑水一样的眉毛，你的乌丝一样的头发，你的黑玻璃球一样的眼睛，或是你的乳脂一样的脸庞，可不能叫我为你倾倒呀。——你这蠢牧人儿，干吗你要追随着她，像是挟着雾雨而俱来的南风？你是比她漂亮一千倍的男人；都是因为有了你们这种傻瓜，世上才有那许多难看的孩子。叫她得意的是你的恭维，不是她的镜子；听了你的话，她便觉得她自己比她本来的容貌美得多了。——可是，姑娘，你自己得放明白些；跪下来，斋戒谢天，赐给你这么好的一个爱人。我得向你耳边讲句体己的话，有买主的时候赶快卖去了吧；你不是到处都有销路的。求求这位大哥恕了你；爱他；接受他的好意。生得丑再要瞧人不起，那才是其丑无比了。——好，牧人，你拿了她去。再见吧。

菲苾　可爱的青年，请您把我骂一整年吧。我宁愿听您的骂，不要听这人的恭维。

罗瑟琳　他爱上了她的丑样子，她爱上了我的怒气。倘使真有这种事，那么她一扮起了怒容来答复你，我便会把刻薄的话儿去治她。——你为什么这样瞧着我？

菲苾　我对您没有怀着恶意呀。

罗瑟琳　请你不要爱我吧，我这人是比醉后发的誓更靠不住的；而且我又不喜欢你。要是你要知道我家在何处，请到这儿附近的那簇橄榄树的地方来寻访好了。——我们去吧，妹妹。——牧人，着力追求她。——来，妹妹。——牧女，待他好一点儿，别那么骄傲；整个世界上生眼睛的人，都不会像他那样把你当作天仙的。——来，瞧我们的羊群去。

（罗瑟琳、西莉娅、柯林同下。）

菲苾　过去的诗人，现在我明白了你的话果然是真："谁个情人不是一见就钟情？"[1]

西尔维斯　亲爱的菲苾——

菲苾　啊！你怎么说，西尔维斯？

西尔维斯　亲爱的菲苾，可怜我吧！

菲苾　唉，我为你伤心呢，温柔的西尔维斯。

西尔维斯　同情之后，必有安慰；要是您见我因为爱情而伤心而

---

[1]过去的诗人指马洛（Christopher Marlowe，1564-1593），莎士比亚同时代的戏剧家、诗人；"谁个情人不是一见就钟情？"一句系马洛所作叙事诗《希罗与里昂德》中之语。

同情我，那么只要把您的爱给我，您就可以不用再同情，
我也无须再伤心了。

菲苾　你已经得到我的爱了；咱们不是像邻居那么要好着吗？

西尔维斯　我要的是您。

菲苾　啊，那就是贪心了。西尔维斯，从前我讨厌你；可是现在
我也不是对你有什么爱情；不过你既然讲爱情讲得那么好，
我本来是讨厌跟你在一起的，现在我可以忍受你了。我还
有事儿要差遣你呢；可是除了你自己因为供我差遣而感到
的欣喜以外，可不用希望我还会用什么来答谢你。

西尔维斯　我的爱情是这样圣洁而完整，我又是这样不蒙眷顾，
因此只要能够拾些人家收获过后留下来的残穗，我也以为
是一次最丰富的收成了；随时略为给我一个不经意的微笑，
我就可以靠着它活命。

菲苾　你认识刚才对我讲话的那个少年吗？

西尔维斯　不大熟悉，但我常常遇见他；他已经把本来属于那个
老头儿的草屋和地产都买下来了。

菲苾　不要以为我爱他，虽然我问起他。他只是个淘气的孩子；
可是倒很会讲话；但是空话我理它作甚？然而说话的人要
是能够讨听话的人欢喜，那么空话也是很好的。他是个标
致的青年；不算顶标致。当然他是太骄傲了；然而他的骄
傲很配他。他长起来倒是一个漂亮的汉子，顶好的地方就
是他的脸色；他的舌头刚刚得罪了人，用眼睛一瞟就补偿
过来了。他的个儿不很高；然而照他的年纪说起来也就够
高。他的腿不过如此；但也还好。他的嘴唇红得很美，比
他那张白脸上搀和着的红色更烂熟更浓艳；一个是大红，

一个是粉红。西尔维斯，有些女人假如也像我一样向他这么评头品足起来，一定会马上爱上他的；可是我呢，我不爱他，也不恨他；然而我有应该格外恨他的理由。凭什么他要骂我呢？他说我的眼珠黑，我的头发黑；现在我记起来了，他嘲笑着我呢。我不懂怎么我不还骂他；但那没有关系，不声不响并不就是善罢甘休。我要写一封辱骂的信给他，你可以给我带去；你肯不肯，西尔维斯？

西尔维斯　菲苾，那是我再愿意不过的了。

菲苾　我就写去；这件事情盘绕在我的心头，我要简简单单地把他挖苦一下。跟我去，西尔维斯。（同下。）

第四幕

第一场　亚登森林

罗瑟琳、西莉娅及杰奎斯上。

杰奎斯　可爱的少年，请你许我跟你结识结识。

罗瑟琳　他们说你是个多愁的人。

杰奎斯　是的，我喜欢发愁不喜欢笑。

罗瑟琳　这两件事各趋极端，都会叫人讨厌，比之醉汉更容易招一般人的指摘。

杰奎斯　发发愁不说话，有什么不好？

罗瑟琳　那么何不做一根木头呢？

杰奎斯　我没有学者的忧愁，那是好胜；也没有音乐家的忧愁，那是幻想；也没有侍臣的忧愁，那是骄傲；也没有军人的忧愁，那是野心；也没有律师的忧愁，那是狡猾；也没有女人的忧愁，那是挑剔；也没有情人的忧愁，那是集上面一切之大成；我的忧愁全然是我独有的，它是由各种成分组成的，是从许多事物中提炼出来的，是我旅行中所得到的各种观感，因为不断沉思，终于把我笼罩在一种十分古怪的悲哀之中。

罗瑟琳　是一个旅行家吗？噢，那你就有应该悲哀的理由了。我想你多半是卖去了自己的田地去看别人的田地；看见的这么多，自己却一无所有；眼睛是看饱了，两手却是空空的。

杰奎斯　是的，我已经得到了我的经验。

罗瑟琳　而你的经验使你悲哀。我宁愿叫一个傻瓜来逗我发笑，不愿叫经验来使我悲哀；而且还要到各处旅行去找它！

奥兰多上。

奥兰多　早安，亲爱的罗瑟琳！

杰奎斯　要是你要念起诗来，那么我可要少陪了。（下。）

罗瑟琳　再会，旅行家先生。你该打起些南腔北调，穿了些奇装异服，瞧不起本国的一切好处，厌恶你的故乡，简直要怨恨上帝干吗不给你生一副外国人的相貌；否则我可不能相信你曾经在威尼斯荡过艇子。——啊，怎么，奥兰多！你这些时都在哪儿？你算是一个情人！要是你再对我来这么一套，你可再不用来见我了。

奥兰多　我的好罗瑟琳，我来得不过迟了一小时还不满。

罗瑟琳　误了一小时的情人的约会！谁要是把一分钟分作了一千分，而在恋爱上误了一千分之一分钟的几分之一的约会，这种人人家也许会说丘匹德曾经拍过他的肩膀，可是我敢说他的心是不曾中过爱神之箭的。

奥兰多 原谅我吧，亲爱的罗瑟琳！

罗瑟琳 哼，要是你再这样慢腾腾的，以后不用再来见我了；我宁愿让一条蜗牛向我献殷勤的。

奥兰多 一条蜗牛！

罗瑟琳 对了，一条蜗牛；因为他虽然走得慢，可是却把他的屋子顶在头上，我想这是一份比你所能给与一个女人的更好的家产；而且他还随身带着他的命运哩。

奥兰多 那是什么？

罗瑟琳 嘿，角儿哪；那正是你所要谢谢你的妻子的，可是他却自己随身带了它做武器，免得人家说他妻子的坏话。

奥兰多 贤德的女子不会叫她丈夫当忘八；我的罗瑟琳是贤德的。

罗瑟琳 而我是你的罗瑟琳吗？

西莉娅 他欢喜这样叫你；可是他有一个长得比你漂亮的罗瑟琳哩。

罗瑟琳 来，向我求婚，向我求婚；我现在很高兴；多半会答应你。假如我真是你的罗瑟琳，你现在要向我说些什么话？

奥兰多 我要在没有说话之前先接个吻。

罗瑟琳 不，你最好先说话，等到所有的话都说完了，想不出什么来的时候，你就可以趁此接吻。善于演说的人，当他们一时无话可说之际，他们会吐一口痰；情人们呢，上帝保佑我们！倘使缺少了说话的资料，接吻是最便当的补救办法。

奥兰多 假如她不肯让我吻她呢？

罗瑟琳 那么她就使得你向她请求，这样又有了新的话题了。

奥兰多 谁见了他的心爱的情人而会说不出话来呢？

罗瑟琳 哼，假如我是你的情人，你就会说不出话来。不然的话，我就会认为自己是德有余而才不足了。

奥兰多 怎么，我会闷头不语吗？

罗瑟琳 可以伸头，却说不出话。我不是你的罗瑟琳吗？

奥兰多 我很愿意把你当作罗瑟琳，因为这样我就可以讲着她了。

罗瑟琳 好，我代表她说我不愿接受你。

奥兰多 那么我代表我自己说我要死去。

罗瑟琳 不，真的，还是请个人代死吧。这个可怜的世界差不多有六千年的岁数了，可是从来不曾有过一个人亲自殉情而死。特洛伊罗斯是被一个希腊人的棍棒砸出了脑浆的；可是在这以前他就已经寻过死，而他是一个模范的情人。即使希罗当了尼姑，里昂德也会活下去活了好多年的，倘不是因为一个酷热的仲夏之夜；因为，好孩子，他本来只是要到赫勒斯滂海峡里去洗个澡的，可是在水中害起抽筋来，因而淹死了：那时代的愚蠢的史家却说他是为了塞斯托斯的希罗而死。这些全都是谎；人们一代一代地死去，他们的尸体都给蛆虫吃了，可是决不会为爱情而死的。

奥兰多 我不愿我的真正的罗瑟琳也作这样的想法；因为我可以发誓说她只要皱一皱眉头就会把我杀死。

罗瑟琳 我凭着此手发誓，那是连一只苍蝇也杀不死的。但是来吧，现在我要做你的一个乖乖的罗瑟琳；你向我要求什么，我一定允许你。

奥兰多 那么爱我吧，罗瑟琳！

罗瑟琳 好，我就爱你，星期五、星期六以及一切的日子。

奥兰多 你肯接受我吗？

罗瑟琳　肯的，我肯接受像你这样二十个男人。

奥兰多　你怎么说？

罗瑟琳　你不是个好人吗？

奥兰多　我希望是的。

罗瑟琳　那么好的东西会嫌太多吗？——来，妹妹，你要扮做牧师，给我们主婚。——把你的手给我，奥兰多。你怎么说，妹妹？

奥兰多　请你给我们主婚。

西莉娅　我不会说。

罗瑟琳　你应当这样开始："奥兰多，你愿不愿——"

西莉娅　好吧。——奥兰多，你愿不愿娶这个罗瑟琳为妻？

奥兰多　我愿意。

罗瑟琳　嗯，但是什么时候才娶呢？

奥兰多　当然就在现在哪；只要她能替我们完成婚礼。

罗瑟琳　那么你必须说，"罗瑟琳，我娶你为妻。"

奥兰多　罗瑟琳，我娶你为妻。

罗瑟琳　我本来可以问你凭着什么来娶我的；可是奥兰多，我愿意接受你做我的丈夫。——这丫头等不到牧师问起，就冲口说出来了；真的，女人的思想总是比行动跑得更快。

奥兰多　一切的思想都是这样；它们是生着翅膀的。

罗瑟琳　现在你告诉我你占有了她之后，打算保留多久？

奥兰多　永久再加上一天。

罗瑟琳　说一天，不用说永久。不，不，奥兰多，男人们在未婚的时候是四月天，结婚的时候是十二月天；姑娘们做姑娘的时候是五月天，一做了妻子，季候便改变了。我要比一头巴巴里雄鸽对待它的雌鸽格外多疑地对待你；我要比下雨前的鹦鹉格外吵闹，比猢狲格外弃旧怜新，比猴子格外反复无常；我要在你高兴的时候像喷泉上的狄安娜女神雕像一样无端哭泣；我要在你想睡的时候像土狼一样纵声大笑。

奥兰多　但是我的罗瑟琳会做出这种事来吗？

罗瑟琳　我可以发誓她会像我一样做出来的。

奥兰多　啊！但是她是个聪明人哩。

罗瑟琳　她倘不聪明，怎么有本领做这等事？越是聪明，越是淘气。假如用一扇门把一个女人的才情关起来，它会从窗子里钻出来的；关了窗，它会从钥匙孔里钻出来的；塞住了钥匙孔，它会跟着一道烟从烟囱里飞出来的。

奥兰多　男人娶到了这种有才情的老婆，就难免要感慨"才情才情，看你横行到什么地方"了。

罗瑟琳　不，你可以把那句骂人的话留起来，等你瞧见你妻子的才情爬上了你邻人的床上去的时候再说。

奥兰多　那时这位多才的妻子又将用怎样的才情来辩解呢？

罗瑟琳　呃，她会说她是到那儿找你去的。你捉住她，她总有话好说，除非你把她的舌头割掉。唉！要是一个女人不会把她的错处推到她男人的身上去，那种女人千万不要让她抚养她自己的孩子，因为她会把他抚养成一个傻子的。

奥兰多　罗瑟琳，这两小时我要离开你。

罗瑟琳　唉！爱人，我两小时都缺不了你哪。

奥兰多　我一定要陪公爵吃饭去；到两点钟我就会回来。

罗瑟琳　好，你去吧，你去吧！我知道你会变成怎样的人。我的朋友们这样对我说过，我也这样相信着，你是用你那种花言巧语来把我骗上手的。不过又是一个给人丢弃的罢了；好，死就死吧！你说是两点钟吗？

奥兰多　是的，亲爱的罗瑟琳。

罗瑟琳　凭着良心，一本正经，上帝保佑我，我可以向你起一切无关紧要的誓，要是你失了一点点儿的约，或是比约定的时间来迟了一分钟，我就要把你当作在一大堆无义的人们中间一个最可怜的背信者、最空心的情人，最不配被你叫作罗瑟琳的那人所爱的。所以，留心我的责骂，守你的约吧。

奥兰多　我一定恪遵，就像你真是我的罗瑟琳一样。好，再见。

罗瑟琳　好，时间是审判一切这一类罪人的老法官，让他来审判吧。再见。（奥兰多下。）

西莉娅　你在你那种情话中间简直是侮辱我们女性。我们一定要把你的衫裤揭到你的头上，让全世界的人看看鸟儿怎样作践了她自己的窠。

罗瑟琳　啊，小妹妹，小妹妹，我的可爱的小妹妹，你要是知道我是爱得多么深！可是我的爱是无从测计深度的，因为它有一个渊深莫测的底，像葡萄牙海湾一样。

西莉娅　或者不如说是没有底的吧；你刚把你的爱倒进去，它就漏了出来。

罗瑟琳　不，维纳斯的那个坏蛋私生子[1]，那个因为忧郁而感孕，因为冲动而受胎，因为疯狂而诞生的；那个瞎眼的坏孩子，

---

[1]指丘匹德。

因为自己没有眼睛而把每个人的眼睛都欺蒙了的；让他来判断我是爱得多么深吧。我告诉你，爱莲娜，我不看见奥兰多便活不下去。我要找一处树荫，去到那儿长吁短叹地等着他回来。

西莉娅　我要去睡一个觉儿。（同下。）

第二场　林中的另一部分

杰奎斯、众臣及林居人等上。

杰奎斯　是谁把鹿杀死的？

臣甲　先生，是我。

杰奎斯　让我们引他去见公爵，像一个罗马的凯旋将军一样；顶好把鹿角插在他头上，表示胜利的光荣。林居人，你们没有个应景的歌儿吗？

林居人　有的，先生。

杰奎斯　那么唱起来吧；不要管它调子怎样，只要可以热闹热闹就是了。

林居人　（唱）

　　　　杀鹿的人好幸福，

　　　　穿它的皮顶它角。

　　　　唱个歌儿送送他。

　　　　顶了鹿角莫讥笑，

　　　　古时便已当冠帽；

　　　　你的祖父戴过它，

皆大欢喜

你的阿爹顶过它：

鹿角鹿角壮而美，

你们取笑真不对。（众下。）

第三场　林中的另一部分

罗瑟琳及西莉娅上。

罗瑟琳　你现在怎么说？不是过了两点钟了吗？这儿哪见有什么
奥兰多！

西莉娅　我对你说，他怀着纯洁的爱情和忧虑的头脑，带了弓箭
出去睡觉去了。瞧，谁来了。

西尔维斯上。

西尔维斯　我奉命来见您，美貌的少年；我的温柔的菲苾要我把
这信送给您。（将信交罗瑟琳）里面说的什么话我不知道；
但是照她写这封信的时候那发怒的神气看来，多半是一些
气恼的话。原谅我，我只是个不知情的送信人。

罗瑟琳　（阅信）最有耐性的人见了这封信也要暴跳如雷；是可
忍，孰不可忍？她说我不漂亮；说我没有礼貌；说我骄
傲；说即使男人像凤凰那样希罕，她也不会爱我。天哪！
我并不曾要追求她的爱，她为什么写这种话给我呢？好，
牧人，好，这封信是你捣的鬼。

西尔维斯　不，我发誓我不知道里面写些什么；这封信是菲苾
写的。

罗瑟琳　算了吧，算了吧，你是个傻瓜，为了爱情颠倒到这等地

步。我看见过她的手，她的手就像一块牛皮那样粗糙，一块沙石那样颜色；我以为她戴着一副旧手套，哪知道原来就是她的手；她有一双作粗活的手；但这可不用管它。我说她从来不曾想到过写这封信；这是男人出的花样，是一个男人的笔迹。

西尔维斯　真的，那是她的笔迹。

罗瑟琳　嘿，这是粗暴的凶狠的口气，全然是挑战的口气；嘿，她就像土耳其人向基督徒那样向我挑战呢。女人家的温柔的头脑里，决不会想出这种恣睢暴戾的念头来；这种狠恶的字句，含着比字面更狠恶的用意。你要不要听听这封信？

西尔维斯　假如您愿意，请您念给我听听吧。因为我还不曾听到过它呢；虽然关于菲苾的凶狠的话，倒已经听了不少了。

罗瑟琳　她要向我撒野呢。听那只雌老虎怎样写法：（读）

你是不是天神的化身，

来燃烧一个少女的心？

女人会这样骂人吗？

西尔维斯　您把这种话叫作骂人吗？

罗瑟琳　（读）

撇下了你神圣的殿堂，

虐弄一个痴心的姑娘？

你听见过这种骂人的话吗？

人们的眼睛向我求爱，

从不曾给我丝毫损害。

意思说我是个畜生。

你一双美目中的轻蔑，

尚能勾起我这般情热；

唉！假如你能青眼相加，

我更将怎样意乱如麻！

你一边骂，我一边爱你；

你倘求我，我何事不依？

代我传达情意的来使，

并不知道我这段心事；

让他带下了你的回报，

告诉我你的青春年少，

肯不肯接受我的奉献，

把我的一切听你调遣；

否则就请把拒绝明言，

我准备一死了却情缘。

西尔维斯　您把这叫做骂吗？

西莉娅　唉，可怜的牧人！

罗瑟琳　你可怜他吗？不，他是不值得怜悯的。你会爱这种女人吗？嘿，利用你作工具，那样玩弄你！怎么受得住！好，你到她那儿去吧，因为我知道爱情已经把你变成一条驯服的蛇了；你去对她说：要是她爱我，我吩咐她爱你；要是她不肯爱你，那么我决不要她，除非你代她恳求。假如你是个真心的恋人，去吧，别说一句话；瞧又有人来了。（西尔维斯下。）

　　　　　奥列佛上。

奥列佛　早安，两位。请问你们知不知道在这座树林的边界有一所用橄榄树围绕着的羊栏？

西莉娅　在这儿的西面，附近的山谷之下，从那微语喃喃的泉水
　　　　旁边那一列柳树的地方向右出发，便可以到那边去。但现
　　　　在那边只有一所空屋，没有人在里面。

奥列佛　假如听了人家嘴里的叙述便可以用眼睛认识出来，那么
　　　　你们的模样正是我所听到说起的，穿着这样的衣服，这样
　　　　的年纪："那个年生得很俊，脸孔像个女人，行为举动像
　　　　是老大姊似的；那女人是矮矮的，比她的哥哥黝黑些。"
　　　　你们正就是我所要寻访的那屋子的主人吗？

西莉娅　既蒙下问，那么我们说我们正是那屋子的主人，也不算
　　　　是自己的夸口了。

奥列佛　奥兰多要我向你们两位致意；这一方染着血迹的手帕，
　　　　他叫我送给他称为他的罗瑟琳的那位少年。您就是他吗？

罗瑟琳　正是；这是什么意思呢？

奥列佛　说起来徒增我的惭愧，假如你们要知道我是谁，这一方
　　　　手帕怎样、为什么、在哪里沾上这些血迹。

西莉娅　请您说吧。

奥列佛　年轻的奥兰多上次跟你们分别的时候，曾经答应过在一
　　　　小时之内回来；他正在林中行走，品味着爱情的甜蜜和苦
　　　　涩，瞧，什么事发生了！他把眼睛向旁边一望，你瞧，他
　　　　看见了些什么东西：在一株满覆着苍苔的秃顶的老橡树之
　　　　下，有一个不幸的衣衫褴褛须发蓬松的人仰面睡着；一条
　　　　金绿的蛇缠在他的头上，正预备把它的头敏捷地伸进他的
　　　　张开的嘴里去，可是突然看见了奥兰多，它便松了开来，
　　　　蜿蜒地溜进林莽中去了；在那林荫下有一头乳房干瘪的母

狮，头贴着地蹲伏着，像猫一样注视这睡着的人的动静，因为那畜生有一种高贵的素性，不会去侵犯瞧上去似乎已经死了的东西。奥兰多一见了这情形，便走到那人的面前，一看却是他的兄长，他的大哥。

西莉娅 啊！我听见他说起过那个哥哥；他说他是一个再忍心害理不过的。

奥列佛 他很可以那样说，因为我知道他确是忍心害理的。

罗瑟琳 但是我们说奥兰多吧；他把他丢下在那儿，让他给那饿狮吃了吗？

奥列佛 他两次转身想去；可是善心比复仇更高贵，天性克服了他的私怨，使他去和那母狮格斗，很快地那狮子便在他手下丧命了。我听见了搏击的声音，就从苦恼的瞌睡中醒过来了。

西莉娅 你就是他的哥哥吗？

罗瑟琳 他救的便是你吗？

西莉娅 老是设计谋害他的便是你吗？

奥列佛 那是从前的我，不是现在的我。我现在感到很幸福，已经变了个新的人了，因此我可以不惭愧地告诉你们我从前的为人。

罗瑟琳 可是那块血渍的手帕是怎样来的？

奥列佛 别性急。那时我们两人述叙着彼此的经历，以及我到这荒野里来的原委；一面说一面自然流露的眼泪流个不住。简单地说，他把我领去见那善良的公爵，公爵赏给我新衣服穿，款待着我，吩咐我的弟弟照应我；于是他立刻带我到他的洞里去，脱下衣服来，一看臂上给母狮抓去了一块肉，血不停地流着，那时他便晕了过去，嘴里还念着罗瑟琳的名字。简单地说，我把他救醒转来，裹好了他的伤口；略过些时，他精神恢复了，便叫我这个陌生人到这儿来把这件事通知你们，请你们原谅他的失约。这一方手帕在他的血里浸过，他要我交给他戏称为罗瑟琳的那位青年牧人。（罗瑟琳晕去。）

西莉娅 呀，怎么啦，盖尼米德！亲爱的盖尼米德！

奥列佛 有好多人一见了血便要发晕。

西莉娅 还有其他的缘故哩。哥哥！盖尼米德！

奥列佛 瞧，他醒过来了。

罗瑟琳 我要回家去。

西莉娅 我们可以陪着你去。——请您扶着他的臂膀好不好？

奥列佛 提起精神来，孩子。你算是个男人吗？你太没有男人气了。

罗瑟琳 一点不错，我承认。啊，好小子！人家会觉得我假装得很像哩。请您告诉令弟我假装得多么像。嗳唷！

奥列佛 这不是假装；你的脸色已经有了太清楚的证明，这是出于真情的。

罗瑟琳 告诉您吧，真的是假装的。

奥列佛 好吧，那么振作起来，假装个男人样子吧。

罗瑟琳 我正在假装着呢；可是凭良心说，我理该是个女人。

西莉娅 来，你瞧上去脸色越变越白了；回家去吧。好先生，陪我们去吧。

奥列佛 好的，因为我必须把你怎样原谅舍弟的回音带回去呢，罗瑟琳。

皆大欢喜

罗瑟琳　我会想出些什么来的。但是我请您就把我的假装的样子
　　　告诉他吧。我们走吧。（同下。）

第五幕

第一场　亚登森林

试金石及奥德蕾上。

试金石　咱们总会找到一个时间的，奥德蕾；耐心点儿吧，温柔的奥德蕾。

奥德蕾　那位老先生虽然这么说，其实这个牧师也很好呀。

试金石　顶坏不过的奥列佛师傅，奥德蕾；顶不好的马坦克斯特。但是，奥德蕾，林子里有一个年轻人要向你求婚呢。

奥德蕾　嗯，我知道他是谁；他跟我全没有关涉。你说起的那个人来了。

威廉上。

试金石　看见一个村汉在我是家常便饭。凭良心说话，我们这辈聪明人真是作孽不浅；我们总是忍不住要寻寻人家的开心。

威廉 晚安，奥德蕾。

奥德蕾 你晚安哪，威廉。

威廉 晚安，先生。

试金石 晚安，好朋友。把帽子戴上了，把帽子戴上了；请不用客气，把帽子戴上了。你多大年纪了，朋友？

威廉 二十五了，先生。

试金石 正是妙龄。你名叫威廉吗？

威廉 威廉，先生。

试金石 一个好名字。是生在这林子里的吗？

威廉 是的，先生，我感谢上帝。

试金石 "感谢上帝"；很好的回答。很有钱吗？

威廉 呃，先生，不过如此。

试金石 "不过如此"，很好很好，好得很；可是也不算怎么好，不过如此而已。你聪明吗？

威廉 呃，先生，我还算聪明。

试金石 啊，你说得很好。我现在记起一句话来了，"傻子自以为聪明，但聪明人知道他自己是个傻子。"异教的哲学家想要吃一颗葡萄的时候，便张开嘴唇来，把它放进嘴里去；那意思是表示葡萄是生下来给人吃，嘴唇是生下来要张开的。你爱这姑娘吗？

威廉 是的，先生。

试金石 把你的手给我。你有学问吗？

威廉 没有，先生。

试金石 那么让我教训你：有者有也；修辞学上有这么一个譬喻，把酒从杯子里倒在碗里，一只满了，那一只便要落空。写文章的人大家都承认"彼"即是他；好，你不是彼，因为我是他。

威廉 哪一个他，先生？

试金石 先生，就是要跟这个女人结婚的他。所以，你这村夫，莫——那在俗话里就是不要——与此妇——那在土话里就是和这个女人——交游——那在普通话里就是来往；合拢来说，莫与此妇交游，否则，村夫，你就要毁灭；或者让你容易明白些，你就要死；那就是说，我要杀死你，把你干掉，叫你活不成，让你当奴才。我要用毒药毒死你，一顿棒儿打死你，或者用钢刀搠死你；就要跟你打架；就要想出计策来打倒你；我要用一百五十种法子杀死你；所以赶快发着抖滚吧。

奥德蕾 你快去吧，好威廉。

威廉 上帝保佑您快活，先生。（下。）

　　　　　柯林上。

柯林 我们的大官人和小娘子找着你哪；来，走啊！走啊！

试金石 走，奥德蕾！走，奥德蕾！我就来，我就来。（同下。）

第二场　林中的另一部分

　　　　　奥兰多及奥列佛上。

奥兰多 你跟她相识得这么浅便会喜欢起她来了吗？一看见了她，便会爱起她来了吗？一爱了她，便会求起婚来了吗？一求了婚，她便会答应了你吗？你一定要得到她吗？

皆大欢喜

奥列佛　这件事进行的匆促，她的贫穷，相识的不久，我突然的求婚和她突然的允许——这些你都不用怀疑；只要你承认我是爱着爱莲娜的，承认她是爱着我的，允许我们两人的结合，这样你也会有好处；因为我愿意把我父亲老罗兰爵士的房屋和一切收入都让给你，我自己在这里终生做一个牧人。

奥兰多　你可以得到我的允许。你们的婚礼就在明天举行吧；我可以去把公爵和他的一切乐天的从者都请了来。你去吩咐爱莲娜预备一切。瞧，我的罗瑟琳来了。

　　　　　　　　　罗瑟琳上。

罗瑟琳　上帝保佑你，哥哥。

奥列佛　也保佑你，好妹妹。（下。）

罗瑟琳　啊！我的亲爱的奥兰多，我瞧见你把你的心裹在绷带里，我是多么难过呀。

奥兰多　那是我的臂膀。

罗瑟琳　我以为是你的心给狮子抓伤了。

奥兰多　它的确是受了伤了，但却是给一位姑娘的眼睛伤害了的。

罗瑟琳　你的哥哥有没有告诉你当他把你的手帕给我看的时候，我假装晕去了的情形？

奥兰多　是的，而且还有更奇怪的事情呢。

罗瑟琳　噢！我知道你说的是什么。哦，那倒是真的；从来不曾有过这么快的事情，除了两头公羊的打架和凯撒那句"我来，我看见，我征服"的傲语。令兄和舍妹刚见了面，便大家瞧起来了；一瞧便相爱了；一相爱便叹气了；一叹气便彼此问为的是什么；一知道了为的是什么，便要想补救的办法：这样一步一步地踏到了结婚的阶段，不久他们便要成其好事了，否则他们等不到结婚便要放肆起来的。他们简直爱得慌了，一定要在一块儿；用棒儿也打不散他们。

奥兰多 他们明天便要成婚，我就要去请公爵参加婚礼。但是，唉！从别人的眼中看见幸福，多么令人烦闷。明天我越是想到我的哥哥满足了心愿多么快活，我便将越是伤心。

罗瑟琳 难道我明天不能仍旧充作你的罗瑟琳了吗？

奥兰多 我不能老是靠着幻想而生存了。

罗瑟琳 那么我不再用空话来叫你心烦了。告诉了你吧，现在我不是说着玩儿，我知道你是一个有见识的上等人；我并不是因为希望你赞美我的本领而恭维你，也不是图自己的名气，只是想得到你一定程度的信任，那是为了你的好处，不是为了给我自己增光。假如你肯相信，那么我告诉你，我会行奇迹。从三岁时候起我就和一个术士结识，他的法术非常高深，可是并不作恶害人。要是你爱罗瑟琳真是爱得那么深，就像你瞧上去的那样，那么你哥哥和爱莲娜结婚的时候，你就可以和她结婚。我知道她现在的处境是多么不幸；只要你没有什么不方便，我一定能够明天叫她亲身出现在你的面前，一点没有危险。

奥兰多 你说的是真话吗？

罗瑟琳 我以生命为誓，我说的是真话；虽然我说我是个术士，可是我很重视我的生命呢。所以你得穿上你最好的衣服，邀请你的朋友们来；只要你愿意在明天结婚，你一定可以结婚；和罗瑟琳结婚，要是你愿意。瞧，我的一个爱人和她的一个爱人来了。

皆大欢喜

西尔维斯及菲苾上。

菲苾 少年人，你很对我不起，把我写给你的信宣布了出来。

罗瑟琳 要是我把它宣布了，我也不管；我存心要对你傲慢不客气。你背后跟着一个忠心的牧人；瞧着他吧，爱他吧，他崇拜着你哩。

菲苾 好牧人，告诉这个少年人恋爱是怎样的。

西尔维斯 它是充满了叹息和眼泪的；我正是这样爱着菲苾。

菲苾 我也是这样爱着盖尼米德。

奥兰多 我也是这样爱着罗瑟琳。

罗瑟琳 我可是一个女人也不爱。

西尔维斯 它是全然的忠心和服务；我正是这样爱着菲苾。

菲苾 我也是这样爱着盖尼米德。

奥兰多 我也是这样爱着罗瑟琳。

罗瑟琳 我可是一个女人也不爱。

西尔维斯 它是全然的空想，全然的热情，全然的愿望，全然的崇拜、恭顺和尊敬；全然的谦卑，全然的忍耐和焦心；全然的纯洁，全然的磨炼，全然的服从；我正是这样爱着菲苾。

菲苾 我也是这样爱着盖尼米德。

奥兰多 我也是这样爱着罗瑟琳。

罗瑟琳 我可是一个女人也不爱。

菲苾 （向罗瑟琳）假如真是这样，那么你为什么责备我爱你呢？

西尔维斯 （向菲苾）假如真是这样，那么你为什么责备我爱你呢？

奥兰多 假如真是这样，那么你为什么责备我爱你呢？

罗瑟琳　你在向谁说话，"你为什么责备我爱你呢？"

奥兰多　向那不在这里、也听不见我的说话的她。

罗瑟琳　请你们别再说下去了吧；这简直像是一群爱尔兰的狼向着月亮嗥叫。（向西尔维斯）要是我能够，我一定帮助你。（向菲苾）要是我有可能，我一定会爱你。明天大家来和我相会。（向菲苾）假如我会跟女人结婚，我一定跟你结婚；我要在明天结婚了。（向奥兰多）假如我会使男人满足，我一定使你满足；你要在明天结婚了。（向西尔维斯）假如使你喜欢的东西能使你满意，我一定使你满意；你要在明天结婚了。（向奥兰多）你既然爱罗瑟琳，请你赴约。（向西尔维斯）你既然爱菲苾，请你赴约。我既然不爱什么女人，我也赴约。现在再见吧；我已经吩咐过你们了。

西尔维斯　只要我活着，我一定不失约。

菲苾　我也不失约。

奥兰多　我也不失约。（各下。）

第三场　林中的另一部分

试金石及奥德蕾上。

试金石　明天是快乐的好日子，奥德蕾；明天我们要结婚了。

奥德蕾　我满心盼望着呢；我希望盼望出嫁并不是一个不正当的愿望。老公爵的两个童儿来了。

二童上。

童甲　遇见得巧啊，好先生。

皆大欢喜

试金石　巧得很，巧得很。来，请坐，请坐，唱个歌儿。

童乙　遵命遵命。居中坐下吧。

童甲　一副坏喉咙未唱之前，总少不了来些老套子，例如咳嗽吐痰或是说嗓子有点儿嘎了之类；我们还是免了这些，马上唱起来怎样？

童乙　好的，好的；两人齐声同唱，就像两个吉卜赛人骑在一匹马上。

歌

一对情人并着肩，
嗳唷嗳唷嗳嗳唷，
走过了青青稻麦田，
春天是最好的结婚天，
听嘤嘤歌唱枝头鸟，
姐郎们最爱春光好。

小麦青青大麦鲜，
嗳唷嗳唷嗳嗳唷，
乡女村男交颈儿眠，
春天是最好的结婚天，
听嘤嘤歌唱枝头鸟，
姐郎们最爱春光好。

新歌一曲意缠绵，
嗳唷嗳唷嗳嗳唷，
人生美满像好花妍，

春天是最好的结婚天，

听嘤嘤歌唱枝头鸟，

姐郎们最爱春光好。

劝君莫负艳阳天，

嗳唷嗳唷嗳嗳唷，

恩爱欢娱要趁少年

春天是最好的结婚天，

听嘤嘤歌唱枝头鸟

姐郎们最爱春光好。

试金石　老实说，年轻的先生们，这首歌词固然没有多大意思，那调子却也很不入调。

童甲　您弄错了，先生；我们是照着板眼唱的，一拍也没有漏过。

试金石　凭良心说，我来听这么一首傻气的歌儿，真算是白糟蹋了时间。上帝和你们同在；上帝把你们的喉咙补补好吧！来，奥德蕾。（各下。）

第四场　林中的另一部分

　　　老公爵、阿米恩斯、杰奎斯、奥兰多、奥列佛及西莉娅同上。

公爵　奥兰多，你相信那孩子果真有他所说的那种本领吗？

奥兰多　我有时相信，有时不相信；就像那些因恐结果无望而心中惴惴的人，一面希望一面担着心事。

罗瑟琳、西尔维斯及菲苾上。

罗瑟琳 再请耐心听我说一遍我们所约定的条件。（向公爵）您不是说，假如我把您的罗瑟琳带了来，您愿意把她赏给这位奥兰多做妻子吗？

公爵 即使再要我把几个王国作为陪嫁，我也愿意。

罗瑟琳 （向奥兰多）您不是说，假如我带了她来，您愿意娶她吗？

奥兰多 即使我是统治万国的君王，我也愿意。

罗瑟琳 （向菲苾）您不是说，假如我愿意，您便愿意嫁我吗？

菲苾 即使我在一小时后就要一命丧亡，我也愿意。

罗瑟琳 但是假如您不愿意嫁我，您不是要嫁给这位忠心无比的牧人吗？

菲苾 是这样约定着。

罗瑟琳 （向西尔维斯）您不是说，假如菲苾愿意，您便愿意娶她吗？

西尔维斯 即使娶了她等于送死，我也愿意。

罗瑟琳 我答应要把这一切事情安排得好好的。公爵，请您守约许嫁您的女儿；奥兰多，请您守约娶他的女儿；菲苾，请您守约嫁我，假如不肯嫁我，便得嫁给这位牧人；西尔维斯，请您守约娶她，假如她不肯嫁我：现在我就去给你们解释这些疑惑。（罗瑟琳、西莉娅下。）

公爵 这个牧童使我记起了我的女儿的相貌，有几分活像是她。

奥兰多 殿下，我初次见他的时候，也以为他是郡主的兄弟呢；但是，殿下，这孩子是在林中生长的，他的伯父曾经教过他一些魔术的原理，据说他那伯父是一个隐居在这儿林中的大术士。

试金石及奥德蕾上。

杰奎斯　一定又有一次洪水来啦，这一对一对都要准备躲到方舟里去。又来了一对奇怪的畜生，傻瓜是他们公认的名字。

试金石　列位，这厢有礼了！

杰奎斯　殿下，请您欢迎他。这就是我在林中常常遇见的那位傻头傻脑的先生；据他说他还出入过宫廷呢。

试金石　要是有人不相信，尽管把我质问好了。我曾经跳过高雅的舞；我曾经恭维过一位贵妇；我曾经向我的朋友耍过手腕，跟我的仇家们装亲热；我曾经毁了三个裁缝，闹过四回口角，有一次几乎打出手。

杰奎斯　那是怎样闹起来的呢？

试金石　呃，我们碰见了，一查这场争吵是根据着第七个原因。

杰奎斯　怎么叫第七个原因？——殿下，请您喜欢这个家伙。

公爵　我很喜欢他。

试金石　上帝保佑您，殿下；我希望您喜欢我。殿下，我挤在这一对对乡村的姐儿郎儿中间到这里来，也是想来宣了誓然后毁誓，让婚姻把我们结合，再让血气把我们拆开。她是个寒伧的姑娘，殿下，样子又难看；可是，殿下，她是我自个儿的：我有一个坏脾气，殿下，人家不要的我偏要。宝贵的贞洁，殿下，就像是住在破屋子里的守财奴，又像是丑蚌壳里的明珠。

公爵　我说，他倒很伶俐机警呢。

试金石　傻瓜们信口开河，逗人一乐，总是这样。

杰奎斯　但是且说那第七个原因；你怎么知道这场争吵是根据着

第七个原因呢？

试金石　因为那是根据着一句经过七次演变后的谎话。——把你的身体站端正些，奥德蕾。——是这样的，先生：我不喜欢某位廷臣的胡须的式样；他回我说假如我说他的胡须的式样不好，他却自以为很好：这叫作"有礼的驳斥"。假如我再去对他说那式样不好，他就回我说他自己喜欢要这样：这叫作"谦恭的讥刺"。要是再说那式样不好，他便蔑视我的意见：这叫作"粗暴的答复"。要是再说那式样不好，他就回答说我讲的不对：这叫作"大胆的谴责"。要是再说那式样不好，他就要说我说谎：这叫作"挑衅的反攻"。于是就到了"委婉的说谎"和"公然的说谎"。

杰奎斯　你说了几次他的胡须式样不好呢？

试金石　我只敢说到"委婉的说谎"为止，他也不敢给我"公然的说谎"；因此我们较了较剑，便走开了。

杰奎斯　你能不能把一句谎话的各种程度按着次序说出来？

试金石　先生啊，我们争吵都是根据着书本的，就像你们有讲礼貌的书一样。我可以把各种程度列举出来。第一，有礼的驳斥；第二，谦恭的讥刺；第三，粗暴的答复；第四，大胆的谴责；第五，挑衅的反攻；第六，委婉的说谎；第七，公然的说谎。除了"公然的说谎"之外，其余的都可以避免；但是"公然的说谎"只要用了"假如"两个字，也就可以一天云散。我知道有一场七个法官都处断不了的争吵；当两造相遇时，其中的一个单单想起了"假如"两字，例如"假如你是这样说的，那么我便是这样说的"，于是两人便彼此握手，结为兄弟了。"假如"是唯一的和事佬；"假如"之为用大矣哉！

杰奎斯　殿下，这不是一个很难得的人吗？他什么都懂，然而仍然是一个傻瓜。

公爵　他把他的傻气当作了藏身的烟幕，在它的荫蔽之下放出他的机智来。

　　　　　许门领罗瑟琳穿女装及西莉娅上。柔和的音乐。

许门　天上有喜气融融，

　　　人间万事尽亨通，

　　　和合无嫌猜。

　　　公爵，接受你女儿，

　　　许门一路带着伊，

　　　远从天上来；

　　　请你为她作主张，

　　　嫁给她心上情郎。

罗瑟琳　（向公爵）我把我自己交给您，因为我是您的。（向奥兰多）我把我自己交给您，因为我是您的。

公爵　要是眼前所见的并不是虚假，那么你是我的女儿了。

奥兰多　要是眼前所见的并不是虚假，那么你是我的罗瑟琳了。

菲苾　要是眼前的情形是真，那么永别了，我的爱人！

罗瑟琳　（向公爵）要是您不是我的父亲，那么我不要有什么父亲。（向奥兰多）要是您不是我的丈夫，那么我不要有什么丈夫。（向菲苾）要是我不跟你结婚，那么我再不跟别的女人结婚。

许门　请不要喧闹纷纷！

皆大欢喜

这种种古怪事情，

都得让许门断清。

这里有四对恋人，

说的话儿倘应心，

该携手共缔鸳盟。

你俩患难不相弃，（向奥兰多、罗瑟琳）

你们俩同心永系；（向奥列佛、西莉娅）

你和他宜室宜家，（向菲苾）

再莫恋镜里空花；

你两人形影相从，（向试金石、奥德蕾）

像风雪跟着严冬。

等一曲婚歌奏起，

尽你们寻根见柢，

莫惊讶咄咄怪事，

细想想原来如此。

歌

人间添美眷，

天后爱团圆；

席上同心侣，

枕边并蒂莲。

不有许门力，

何缘众庶生？

同声齐赞颂，

许门最堪称！

公爵　啊，我的亲爱的侄女！我欢迎你，就像你是我自己的女儿。

菲苾 （向西尔维斯）我不愿食言，现在你已经是我的；你的忠心使我爱上了你。

> 贾奎斯上。

贾奎斯 请听我说一两句话；我是老罗兰爵士的第二个儿子，特意带了消息到这群贤毕集的地方来。弗莱德里克公爵因为听见每天有才智之士投奔到这林中，故此兴起大军，亲自统率，预备前来捉拿他的兄长，把他杀死除害。他到了这座树林的边界，遇见了一位高年的修道士，交谈之下，悔悟前非，便即停止进兵；同时看破红尘，把他的权位归还给他的被放逐的兄长，一同流亡在外的诸人的土地，也都各还原主。这不是假话，我可以用生命作担保。

公爵 欢迎，年轻人！你给你的兄弟们送了很好的新婚贺礼来了：一个是他的被扣押的土地；一个是一座绝大的公国，享有着绝对的主权。先让我们在这林中把我们正在进行中的好事办了；然后，在这幸运的一群中，每一个曾经跟着我忍受过艰辛的日子的人，都要按着各人的地位，分享我的恢复了的荣华。现在我们且把这种新近得来的尊荣暂时搁在脑后，举行起我们乡村的狂欢来吧。奏起来，音乐！你们各位新娘新郎，大家欢天喜地的，跳起舞来呀！

杰奎斯 先生，恕我冒昧。要是我没有听错，好像您说的是那公爵已经潜心修道，抛弃富贵的宫廷了？

贾奎斯 是的。

杰奎斯 我就找他去；从这种悟道者的地方，很可以得到一些绝妙的教训。（向公爵）我让你去享受你那从前的光荣吧；那是你的忍耐和德行的酬报。（向奥兰多）你去享受你那用

皆大欢喜

忠心赢得的爱情吧。（向奥列佛）你去享有你的土地、爱人和权势吧。（向西尔维斯）你去享用你那用千辛万苦换来的老婆吧。（向试金石）至于你呢，我让你去口角吧；因为在你的爱情的旅程上，你只带了两个月的粮草。好，大家各人去找各人的快乐；跳舞可不是我的份。

公爵　别走，杰奎斯，别走！

杰奎斯　我不想看你们的作乐；你们要有什么见教，我就在被你们遗弃了的山窟中恭候。（下。）

公爵　进行下去吧，开始我们的嘉礼；我们相信始终都会很顺利。（跳舞。众下。）

收场白

罗瑟琳　叫娘儿们来念收场白，似乎不大合适；可是那也不见得比叫老爷子来念开场白更不成样子些。要是好酒无须招牌，那么好戏也不必有收场白；可是好酒要用好招牌，好戏倘再加上一段好收场白，岂不更好？那么我现在的情形是怎样的呢？既然不会念一段好收场白，又不能用一出好戏来讨好你们！我并不穿着得像个叫化一样，因此我不能向你们求乞；我的唯一的法子是恳请。我要先向女人们恳请。女人们啊！为着你们对于男子的爱情，请你们尽量地喜欢这本戏。男人们啊！为着你们对于女子的爱情——瞧你们那副痴笑的神气，我就知道你们没有一个讨厌她们的——请你们学着女人们的样子，也来喜欢这本戏。假如我是一个女人[1]，你们中间只要谁的胡子生得叫我满意，脸蛋长得讨我欢喜，而且气息也不叫我恶心，我都愿意给他一吻。为了我这种慷慨的奉献，我相信凡是生得一副好胡子、长得一张好脸蛋或是有一口好气息的诸君，当我屈膝致敬的时候，都会向我道别。（下。）

---

①伊丽莎白时代舞台上女角皆用男童扮演。

温莎的风流娘儿们

剧中人物

约翰·福斯塔夫爵士

范顿　少年绅士

夏禄　乡村法官

斯兰德　夏禄的侄儿

福德　
培琪　} 温莎的两个绅士

威廉·培琪　培琪的幼子

休·爱文斯师傅　威尔士籍牧师

卡厄斯医生　法国籍医生

嘉德饭店的店主

巴道夫　
毕斯托尔　} 福斯塔夫的从仆
尼姆　

罗宾　福斯塔夫的侍童

辛普儿　斯兰德的仆人

勒格比　卡厄斯医生的仆人

福德大娘

培琪大娘

安·培琪　培琪的女儿，与范顿相恋

快嘴桂嫂　卡厄斯医生的女仆

培琪、福德两家的仆人及其他

地　点

温莎及其附近

第一幕

第一场　温莎。培琪家门前

夏禄、斯兰德及爱文斯上。

夏禄　休师傅，别劝我，我一定要告到御前法庭去；就算他是二十个约翰·福斯塔夫爵士，他也不能欺侮夏禄老爷。

斯兰德　夏禄老爷是葛罗斯特郡的治安法官，而且还是个探子呢。

夏禄　对了，侄儿，还是个"推事"呢。

斯兰德　对了，还是个"瘫子"呢；牧师先生，我告诉您吧，他出身就是个绅士，签起名来，总是要加上"大人"两个字，无论什么公文、笔据、帐单、契约，写起来总是"夏禄大人"。

夏禄　对了，这三百年来，一直都是这样。

斯兰德　他的子孙在他以前就是这样写了，他的祖宗在他以后也可以这样写；他们家里那件绣着十二条白梭子鱼的外套可以作为证明。

夏禄　那是一件古老的外套。

爱文斯　一件古老的外套上有着十二条白虱子，那真是相得益彰了；白虱是人类的老朋友，也是亲爱的象征。

夏禄　不是白虱子，是淡水河里的"白梭子"鱼，我那古老的外套上，古老的纹章上，都有十二条白梭子鱼。

斯兰德　这十二条鱼我都可以"借光"①，叔叔。

夏禄　你可以，你结了婚之后可以借你妻家的光。

爱文斯　家里的钱财都让人借个光，这可坏事了。

夏禄　没有的事儿。

爱文斯　可坏事呢，圣母娘娘。要是你有四条裙子，让人"借光"了，那你就一条也不剩了。可是闲话少说，要是福斯塔夫爵士有什么地方得罪了您，我是个出家人，方便为怀，很愿意尽力替你们两位和解和解。

夏禄　我要把这事情告到枢密院去，这简直是暴动。

爱文斯　不要把暴动的事情告诉枢密院，暴动是不敬上帝的行为。枢密院希望听见人民个个敬畏上帝，不喜欢听见有什么暴动；您还是考虑考虑吧。

夏禄　嘿！他妈的！要是我再年轻点儿，一定用刀子跟他解决。

爱文斯　冤家宜解不宜结，还是大家和和气气的好。我脑子里还

---

①"借光"，原文"quarter"，是纹章学中的术语。欧洲封建贵族都各有代表族系的纹章；把妻家纹章中的图形移入自己的纹章，称为"quarter"。

有一个计划，要是能够成功，倒是一件美事。培琪大爷有一位女儿叫安，她是一个标致的姑娘。

斯兰德　安小姐吗？她有一头棕色的头发，说起话来细声细气，像个娘儿们似的。

爱文斯　正是这位小姐，没有错的，这样的人儿你找不出第二个来。她的爷爷临死的时候——上帝接引他上天堂享福！——留给她七百镑钱，还有金子银子，等她满了十七岁，这笔财产就可以到她手里。我们现在还是把那些吵吵闹闹的事情搁在一旁，想法子替斯兰德少爷和安·培琪小姐作个媒吧。

夏禄　她的爷爷留给她七百镑钱吗？

爱文斯　是的，还有她父亲给她的钱。

夏禄　这姑娘我也认识，她的人品倒不错。

爱文斯　七百镑钱还有其他的妆奁，那还会错吗？

夏禄　好，让我们去瞧瞧培琪大爷吧。福斯塔夫也在里边吗？

爱文斯　我能向您说谎吗？我顶讨厌的就是说谎的人，正像我讨厌说假话的人或是不老实的人一样。约翰爵士是在里边，请您看在大家朋友分上，忍着点儿吧。让我去打门。（敲门）喂！有人吗？上帝祝福你们这一家！

培琪　（在内）谁呀？

爱文斯　上帝祝福你们，是您的朋友，还有夏禄法官和斯兰德少爷，我们要跟您谈些事情，也许您听了会高兴的。

　　　　　　　培琪上。

培琪　我很高兴看见你们各位的气色都这样好。夏禄老爷，我还要谢谢您的鹿肉呢！

温莎的风流娘儿们

夏禄 培琪大爷，我很高兴看见您，您心肠好，福气一定也好！这鹿是给人乱刀杀死的，所以鹿肉弄得实在不成样子，您别见笑。嫂夫人好吗？——我从心坎里谢谢您！

培琪 我才要谢谢您哪。

夏禄 我才要谢谢您；干脆一句话，我谢谢您。

培琪 斯兰德少爷，我很高兴看见您。

斯兰德 培琪大叔，您那头黄毛的猎狗怎么样啦？听说它在最近的赛狗会上跑不过人家，有这回事吗？

培琪 那可不能这么说。

斯兰德 您还不肯承认，您还不肯承认。

夏禄 他当然不肯承认的；这倒是很可惜的事，这倒是很可惜的事。那是一头好狗哩。

培琪 是一头不中用的畜生。

夏禄 不，它是一头好狗，很漂亮的狗；那还用说吗？它又好又漂亮。福斯塔夫爵士在里边吗？

培琪 他在里边；我很愿意给你们两位彼此消消气。

爱文斯 真是一个好基督徒说的话。

夏禄 培琪大爷，他侮辱了我。

培琪 是的，他自己也有几分认错。

夏禄 认了错不能就算完事呀，培琪大爷，您说是不是？他侮辱了我；真的，他侮辱了我；一句话，他侮辱了我；你们听着，夏禄老爷说，他被人家侮辱了。

培琪 约翰爵士来啦。

　　　　　　福斯塔夫、巴道夫、尼姆、毕斯托尔上。

福斯塔夫 喂，夏禄老爷，您要到王上面前去告我吗？

夏禄 爵士，你打了我的用人，杀了我的鹿，闯进我的屋子里。

福斯塔夫 可是没有吻过你家看门人女儿的脸吧？

夏禄 他妈的，什么话！我一定要跟你算帐。

福斯塔夫 明人不作暗事，这一切事都是我干的。现在我回答了你啦。

夏禄 我要告到枢密院去。

福斯塔夫 我看你还是告到后门口去吧，也免得人家笑话你。

爱文斯 少说几句吧，约翰爵士；大家好言好语不好吗？

福斯塔夫 好言好语！我倒喜欢好酒好肉呢。斯兰德，我要捶碎你的头；你也想跟我算账吗？

斯兰德 呃，爵士，我也想跟您还有您那几位专欺兔崽子的流氓跟班、巴道夫、尼姆和毕斯托尔，算一算账呢。他们带我到酒店里去，把我灌了个醉，偷了我的钱袋。

巴道夫 你这又酸又臭的干酪！

斯兰德 好，随你说吧。

毕斯托尔 喂，枯骨鬼！

斯兰德 好，随你说吧。

尼姆 喂，风干肉片！这别号我给你取得好不好？

斯兰德 我的跟班辛普儿呢？叔叔，您知道吗？

爱文斯 请你们大家别闹，让我们来看：关于这一场争执，我知道已经有了三位公证人，第一位是培琪大爷，第二位是我自己，第三位也就是最后一位，是嘉德饭店的老板。

培琪 咱们三个人要听一听两方面的曲直，替他们调停出一个结果来。

爱文斯 很好，让我先在笔记簿上把要点记下来，然后我们可以

温莎的风流娘儿们

仔细研究出一个方案来。

福斯塔夫　毕斯托尔！

毕斯托尔　他用耳朵听见了。

爱文斯　见他妈的鬼！这算什么话，"他用耳朵听见了"？嘿，
　　　　这简直是矫揉造作。

福斯塔夫　毕斯托尔，你有没有偷过斯兰德少爷的钱袋？

斯兰德　凭着我这双手套起誓，他偷了我七个六便士的锯边银币，
　　　　还有两个爱德华时代的银币，我用每个两先令两便士的价
　　　　钱换来的。倘然我冤枉了他，我就不叫斯兰德。

福斯塔夫　毕斯托尔，这是真事吗？

爱文斯　不，扒人家的口袋是见不得人的事。

毕斯托尔　嘿，你这个威尔士山地的生番！——我的主人约翰爵
　　　　士，我要跟这把锈了的"小刀子"拚命。你这两片嘴唇说
　　　　的全是假话！全是假话！你这不中用的人渣，你在说谎！

斯兰德　那么我赌咒一定是他。

尼姆　说话留点儿神吧，朋友，大家客客气气。你要是想在太岁
　　　　头上动土，咱老子可也不是好惹的。我要说的话就是这几
　　　　句。

斯兰德　凭着这顶帽子起誓，那么一定是那个红脸的家伙偷的。
　　　　我虽然不记得我给你们灌醉以后做了些什么事，可是我还
　　　　不是一头十足的驴子哩。

福斯塔夫　你怎么说，红脸儿？

巴道夫　我说，这位先生一定是喝酒喝昏了胆子啦。

爱文斯　应该是喝酒喝昏了"头"；呸，可见得真是无知！

巴道夫　他喝得昏昏沉沉，于是就像人家所说的，"破了财"，结

果倒怪到我头上来了。

斯兰德　那天你还说着拉丁文呢；好，随你们怎么说吧，我这回受了骗，以后再不喝醉了；我要是喝酒，一定跟规规矩矩敬重上帝的人在一起喝，决不再跟这种坏东西在一起喝了。

爱文斯　好一句有志气的话！

福斯塔夫　各位先生，你们听他什么都否认了，你们听。

安·培琪持酒具，及福德大娘，培琪大娘同上。

培琪　不，女儿，你把酒拿进去，我们就在里面喝酒。（安·培琪下。）

斯兰德　天啊！这就是安小姐。

培琪　您好，福德嫂子！

福斯塔夫　福德大娘，我今天能够碰见您，真是三生有幸；恕我冒昧，好嫂子。（吻福德大娘。）

培琪　娘子，请你招待招待各位客人。来，我们今天烧好一盘滚热的鹿肉馒头，要请诸位尝尝新。来，各位朋友，我希望大家一杯在手，旧怨全忘。（除夏禄、斯兰德、爱文斯外皆下。）

斯兰德　我宁愿要一本诗歌和十四行集，即使现在有人给我四十个先令。

辛普儿上。

斯兰德　啊，辛普儿，你到哪儿去了？难道我必须自己服侍自己吗？你有没有把那本猜谜的书带来？

辛普儿　猜谜的书！怎么，您不是在上一次万圣节时候，米迦勒节的前两个星期，把它借给矮笃笃艾丽丝了吗？

夏禄　来，侄儿；来，侄儿，我们等着你呢。侄儿，我有句话要对你说，是这样的，侄儿，刚才休师傅曾经隐约提起过这么一个意思；你懂得我的意思吗？

斯兰德 喂，叔叔，我是个好说话的人；只要是合理的事，我总是愿意的。

夏禄 不，你听我说。

斯兰德 我在听着您哪，叔叔。

爱文斯 斯兰德少爷，听清他的意思；您要是愿意的话，我可以把这件事情向您解释。

斯兰德 不，我的夏禄叔叔叫我怎么做，我就怎么做。请您原谅，他是个治安法官，谁人不知，哪个不晓？

爱文斯 不是这个意思，我们现在所要谈的，是关于您的婚姻问题。

夏禄 对了，就是这一回事。

爱文斯 就是这一回事，我们要给您跟培琪小姐作个媒。

斯兰德 噢，原来是这么一回事，只要条件合理，我总可以答应娶她的。

爱文斯 可是您能不能喜欢这一位姑娘呢？我们必须从您自己嘴里——或者从您自己的嘴唇里——有些哲学家认为嘴唇就是嘴的一部分——知道您的意思，所以请您明明白白地回答我们，您能不能对这位姑娘发生好感呢？

夏禄 斯兰德贤侄，你能够爱她吗？

斯兰德 叔叔，我希望我总是照着道理去做。

爱文斯 嗳哟，天上的爷爷奶奶们！您一定要讲得明白点儿，您想不想要她？

夏禄 你一定要明明白白地讲。要是她有很丰盛的妆奁，你愿意娶她吗？

斯兰德　叔叔，您叫我做的事，只要是合理的，比这更重大的事我也会答应下来。

夏禄　不，你得明白我的意思，好侄儿；我所做的事，完全是为了你的幸福。你能够爱这姑娘吗？

斯兰德　叔叔，您叫我娶她，我就娶她；也许在起头的时候彼此之间没有多大的爱情，可是结过了婚以后，大家慢慢地互相熟悉起来，日久生厌，也许爱情会自然而然地一天不如一天。可是只要您说一声"跟她结婚"，我就跟她结婚，这是我的反复无常的决心。

爱文斯　这是一个很明理的回答，虽然措辞有点不妥，应该说"不可动摇"才对。他的意思是很好的。

夏禄　嗯，我的侄儿的意思是很好的。

斯兰德　要不然的话，我就是个该死的畜生了！

夏禄　安小姐来了。

安·培琪重上。

夏禄　安小姐，为了您的缘故，我但愿自己再年轻起来。

安　酒菜已经预备好了，家父叫我来请各位进去。

夏禄　我愿意奉陪，好安小姐。

爱文斯　嗳哟！念起餐前祈祷来，我可不能缺席哩。（夏禄、爱文斯下。）

安　斯兰德世兄，您也请进吧。

斯兰德　不，谢谢您，真的，托福托福。

安　大家都在等着您哪。

斯兰德　我不饿，我真的谢谢您。喂，你虽然是我的跟班，还是进去侍候我的夏禄叔叔吧。（辛普儿下）一个治安法官有时候也要仰仗他的朋友，借他的跟班来伺候自己。现在家母还没有死，我随身只有三个跟班一个童儿，可是这算得上什么呢？我的生活还是过得一点也不舒服。

安 您要是不进去，那么我也不能进去了；他们都要等您到了才坐下来呢。

斯兰德 真的，我不要吃什么东西；可是我多谢您的好意。

安 世兄，请您进去吧。

斯兰德 我还是在这儿走走的好，我谢谢您。我前天跟一个击剑教师比赛刀剑，三个回合赌一碟蒸熟的梅子，结果把我的胫骨也弄伤了；不瞒您说，从此以后，我闻到烧热的肉的味道就受不了。你家的狗为什么叫得这样厉害？城里有熊吗？

安 我想是有的，我听见人家说过。

斯兰德 逗着熊玩儿是很有意思的，不过我也像别的英国人一样反对这玩意儿。您要是看见关在笼子里的熊逃了出来，您怕不怕？

安 我怕。

斯兰德 我现在可把它当作家常便饭一样，不觉得什么希罕了。我曾经看见花园里那头著名的萨克逊大熊逃出来二十次，我还亲手拉住它的链条。可是我告诉您吧，那些女人们一看见了，就哭呀叫呀地闹得天翻地覆；实在说起来，也难怪她们受不了，那些畜生都是又难看又粗暴的家伙。

培琪重上。

培琪 来，斯兰德少爷，来吧，我们等着您呢。

斯兰德 我不要吃什么东西,我谢谢您。

培琪 这怎么可以呢?您不吃也得吃,来,来。

斯兰德 那么您先请吧。

培琪 您先请。

斯兰德 安小姐,还是您先请。

安 不,您别客气了。

斯兰德 真的,我不能走在你们前面;真的,那不是太无礼了吗?

安 您何必这样客气呢?

斯兰德 既然这样,与其让你们讨厌,还是失礼的好。你们可不能怪我放肆呀。(同下。)

第二场　同前

爱文斯及辛普儿上。

爱文斯 你去打听打听,有一个卡厄斯大夫住在哪儿;他的家里有一个叫做快嘴桂嫂的,是他的看护,或者是他的保姆,或者是他的厨娘,或者是帮他洗洗衣服的女人。

辛普儿 好的,师傅。

爱文斯 慢着,还有更要紧的话哩。你把这封信交给她,因为她跟培琪家小姐是很熟悉的,这封信里的意思,就是要请她代你的主人向培琪家小姐传达他的爱慕之忱。请你快点儿去吧,我饭还没有吃完,还有一道苹果跟干酪在后头呢。(各下。)

温莎的风流娘儿们

第三场　嘉德饭店中一室

福斯塔夫、店主、巴道夫、尼姆、毕斯托尔及罗宾上。

福斯塔夫　店主东！

店主　怎么说，我的老狐狸？要说得像有学问的人、像个聪明人。

福斯塔夫　不瞒你说，我要辞掉一两个跟班啦。

店主　好，我的巨人，叫他们滚蛋，滚蛋！滚蛋！

福斯塔夫　尽是坐着吃饭，我一个星期也要花上十镑钱。

店主　当然啰，你就像个皇帝，像个凯撒，像个土耳其宰相。我可以把巴道夫收留下来，让他做个酒保，你看好不好，我的大英雄？

福斯塔夫　老板，那好极啦。

店主　那么就这么办，叫他跟我来吧。（向巴道夫）让我看到你会把酸酒当作好酒卖。我不多说了；跟我来吧。（下。）

福斯塔夫　巴道夫，跟他去。酒保也是一种很好的行业。旧外套可以改做新褂子；一个不中用的跟班，也可以变成一个出色的酒保。去吧，再见。

巴道夫　这种生活我正是求之不得，我一定会从此交运。

毕斯托尔　哼，没出息的东西！你要去开酒桶吗？（巴道夫下。）

尼姆　这个糊涂爷娘生下来的窝囊废！我这随口而出的话妙不妙？

福斯塔夫　我很高兴把这火种这样打发走了；他的偷窃太公开啦，他在偷偷摸摸的时候，就像一个不会唱歌的人一样，一点不懂得轻重快慢。

尼姆　做贼的唯一妙诀，是看准下手的时刻。

毕斯托尔　聪明的人把它叫做"不告而取"。"做贼"！啐！好难听的话儿！

福斯塔夫　孩子们，我快要穷得鞋子都没有后跟啦。

毕斯托尔　好，那么就让你的脚跟上长起老大的冻疮来吧。

福斯塔夫　没有法子，我必须想个办法，捞一些钱来。

毕斯托尔　小乌鸦们不吃东西也是不行的呀。

福斯塔夫　你们有谁知道本地有一个叫福德的家伙？

毕斯托尔　我知道那家伙，他很有几个钱。

福斯塔夫　我的好孩子们，现在我要把我肚子里的计划怎么长怎么短都告诉你们。

毕斯托尔　你这肚子两码都不止吧。

福斯塔夫　休得取笑，毕斯托尔！我这腰身的确在两码左右，可是谁跟你谈我的大腰身来着，我倒是想谈谈人家的小腰身呢——这一回，我谈的是进账，不是出账。说得干脆些，我想去吊福德老婆的膀子。我觉得她对我很有几分意思；她跟我讲话的那种口气，她向我卖弄风情的那种姿势，还有她那一瞟一瞟的脉脉含情的眼光，都好像在说，"我的心是福斯塔夫爵士的。"

毕斯托尔　你果然把她的心理研究得非常透彻，居然把它一个字一个字地解释出来啦。

尼姆　抛锚抛得好深啊；我这随口而出的话好不好？

福斯塔夫　听说她丈夫的钱都是她一手经管的；他有数不清的钱藏在家里。

毕斯托尔　财多招鬼忌，咱们应该去给他消消灾；我说，向她进攻吧！

尼姆 我的劲头儿上来了；很好，快拿金钱来给我消消灾吧。

福斯塔夫 我已经写下一封信在这儿预备寄给她；这儿还有一封，是写给培琪老婆的，她刚才也向我眉目传情，她那双水汪汪的眼睛一霎不霎地望着我身上的各部分，一会儿瞧瞧我的脚，一会儿瞧瞧我的大肚子。

毕斯托尔 正好比太阳照在粪堆上。

尼姆 这个譬喻打得好极了！

福斯塔夫 啊！她用贪馋的神气把我从上身望到下身，她的眼睛里简直要喷出火来炙我。这一封信是给她的。她也经管着钱财，她就像是一座取之不竭的金矿。我要去接管她们两人的全部富源，她们两人便是我的两个国库；她们一个是东印度，一个是西印度，我就在这两地之间开辟我的生财大道。你给我去把这信送给培琪大娘；你给我去把这信送给福德大娘。孩子们，咱们从此可以有舒服日子过啦！

毕斯托尔 我身边佩着钢刀，是个军人，你倒要我给你拉皮条吗？鬼才干这种事！

尼姆 这种龌龊的事情我也不干；把这封宝贝信拿回去吧。我的名誉要紧。

福斯塔夫 （向罗宾）来，小鬼，你给我把这两封信送去，小心别丢了。你就像我的一艘快船一样，赶快开到这两座金山的脚下去吧。（罗宾下）你们这两个混蛋，一起给我滚吧！再不要让我看见你们的影子！像狗一样爬得远远的，我这里容不了你们。滚！这年头儿大家都要讲究个紧缩，福斯塔夫也要学学法国人的算计，留着一个随身的童儿，也就够了。（下。）

毕斯托尔　让饿老鹰把你的心肝五脏一起抓了去！你用假骰子到处诈骗人家，看你作孽到几时！等你有一天穷得袋里一个子儿都没有的时候，再瞧瞧老子是不是一定要靠着你才得活命，这万恶不赦的老贼！

尼姆　我心里正在转着一个念头，我要复仇。

毕斯托尔　你要复仇吗？

尼姆　天日在上，此仇非报不可！

毕斯托尔　用计策还是用武力？

尼姆　两样都要用；我先去向培琪报告，有人正在勾搭他的老婆。

毕斯托尔　我就去叫福德加倍留神，说福斯塔夫，那混账东西，想把他的财产一口侵吞，还要占夺他的美貌娇妻。

尼姆　我的脾气是想到就做，我要去煽动培琪，让他心里充满了醋意，叫他用毒药毒死这家伙。谁要是对我不起，让他知道咱老子也不是好惹的；这就是我生来的脾气。

毕斯托尔　你就是个天煞星，我愿意跟你合作，走吧。（同下。）

第四场　卡厄斯医生家中一室

快嘴桂嫂及辛普儿上。

桂嫂　喂，勒格比！

勒格比上。

桂嫂　请你到窗口去瞧瞧看，咱们这位东家来了没有；要是他来了，看见屋子里有人，一定又要给他用蹩脚的伦敦官话，把我昏天黑地骂一顿。

勒格比 好，我去看看。

桂嫂 去吧，今天晚上等我们烘罢了火，我请你喝杯酒。（勒格比下）他是一个老实的听话的和善的家伙，你找不到第二个像他这样的仆人；他又不会说长道短，也不会搬弄是非；他的唯一的缺点，就是太喜欢祷告了，他祷告起来，简直像个呆子，可是谁都有几分错处，那也不用说它了。你说你的名字叫辛普儿吗？

辛普儿 是，人家就这样叫我。

桂嫂 斯兰德少爷就是你的主人吗？

辛普儿 正是。

桂嫂 他不是留着一大把胡须，像手套商的削皮刀吗？

辛普儿 不，他只有一张小小的、白白的脸，略微有几根黄胡子。

桂嫂 他是一个很文弱的人，是不是？

辛普儿 是的，可是在那个地段里，真要比起力气来，他也不怕人家；他曾经跟看守猎苑的人打过架呢。

桂嫂 你怎么说？——啊，我记起来啦！他不是走起路来大摇大摆，把头抬得高高的吗？

辛普儿 对了，一点不错，他正是这样子。

桂嫂 好，天老爷保佑培琪小姐嫁到这样一位好郎君吧！你回去对休牧师先生说，我一定愿意尽力帮你家少爷的忙。安是个好孩子，我但愿——

　　　　　勒格比重上。

勒格比 不好了，快出去，我们老爷来啦！

桂嫂 咱们大家都要挨一顿臭骂了。这儿来，好兄弟，赶快钻到这个壁橱里去。（将辛普儿关在壁橱内）他一会儿就要出去的。喂，勒格比！喂，你在哪里？勒格比，你去瞧瞧老爷去，他现在还不回来，不知道人好不好。（勒格比下，桂嫂唱歌）得儿郎当，得儿郎当……

　　　　卡厄斯上。

卡厄斯　你在唱些什么？我讨厌这种玩意儿。请你快给我到壁橱里去，把一只匣子，一只绿的匣子，给我拿来；听见我的话吗？一只绿的匣子。

桂嫂　好，好，我就去给您拿来。（旁白）谢天谢地他没有自己去拿，要是给他看见了壁橱里有一个小伙子，他一定要暴跳如雷了。

卡厄斯　快点，快点！天气热得很哪。我有要紧的事，就要到宫廷里去。

桂嫂　是这一个吗，老爷？

卡厄斯　对了，给我放在口袋里，快点。勒格比那个混蛋呢？

桂嫂　喂，勒格比！勒格比！

　　　　勒格比重上。

勒格比　有，老爷。

卡厄斯　勒格比，把剑拿来，跟我到宫廷里去。

勒格比　剑已经放在门口了，老爷。

卡厄斯　我已经耽搁得太久了。——该死！我又忘了！壁橱里还有点儿药草，一定要带去。

桂嫂　（旁白）糟了！他看见了那个小子，一定要发疯哩。

卡厄斯　见鬼！见鬼！什么东西在我的壁橱里？——混蛋！狗贼！（将辛普儿拖出）勒格比，把我的剑拿来！

温莎的风流娘儿们

桂嫂　好老爷，请您息怒吧！

卡厄斯　我为什么要息怒？嘿！

桂嫂　这个年轻人是个好人。

卡厄斯　是好人躲在我的壁橱里干什么？躲在我的壁橱里，就不是好人。

桂嫂　请您别发这么大的脾气。老实告诉您吧，是休牧师叫他来找我的。

卡厄斯　好。

辛普儿　正是，休牧师叫我来请这位大娘——

桂嫂　你不要说话。

卡厄斯　闭住你的嘴！——你说吧。

辛普儿　请这位大娘替我家少爷去向培琪家小姐说亲。

桂嫂　真的，只是这么一回事。可是我才不愿多管这种闲事，把手指头伸到火里去呢；跟我又没有什么相干。

卡厄斯　是休牧师叫你来的吗？——勒格比，拿张纸来。你再等一会儿。（写信。）

桂嫂　我很高兴他今天这么安静，要是他真的动起怒来，那才会吵得日月无光呢。可是别管他，我一定尽力帮你家少爷的忙；不瞒你说，这个法国医生，我的主人——我可以叫他做我的主人，因为你瞧，我替他管屋子，还给他洗衣服、酿酒、烘面包、扫地擦桌、烧肉烹茶、铺床叠被，什么都是我一个人做的——

辛普儿　一个人做这么多事，真太辛苦啦。

桂嫂　你替我想想，真把人都累死了，天一亮就起身，老晚才睡觉；可是这些话也不用说了，让我悄悄地告诉你，你可不许对人家说，我那个东家他自己也爱着培琪家小姐；可是安的心思我是知道的，她的心既不在这儿也不在那儿。

卡厄斯 猴崽子，你去把这封信交给休牧师，这是一封挑战书，我要在林苑里割断他的喉咙；我要教训教训这个猴崽子的牧师，问他以后还多管闲事不管。你去吧，你留在这儿没有好处。哼，我要把他那两颗睾丸一起割下来，连一颗也不剩。（辛普儿下。）

桂嫂 唉！他也不过帮他朋友说句话罢了。

卡厄斯 我可不管；你不是对我说安·培琪一定会嫁给我的吗？哼，我要是不把那个狗牧师杀掉，我就不是个人；我要叫嘉德饭店的老板替我们做公证人。哼，我要是不娶安·培琪为妻，我就不是个人。

桂嫂 老爷，那姑娘喜欢您哩，包您万事如意。人家高兴嚼嘴嚼舌，就让他们去嚼吧。真是哩！

卡厄斯 勒格比，跟我到宫廷去。哼，要是我娶不到安·培琪为妻，我不把你赶出门，我就不是个人。跟我来，勒格比。（卡厄斯、勒格比下。）

桂嫂 呸！做你的梦！安的心思我是知道的；在温莎地方，谁也没有像我一样明白安的心思了；谢天谢地，她也只肯听我的话，别人的话她才不理呢。

范顿 （在内）里面有人吗？喂！

桂嫂 谁呀？进来吧。

范顿上。

范顿 啊，大娘，你好哇？

桂嫂 多承大爷问起，托福托福。

范顿 有什么消息？安小姐近来好吗？

桂嫂 凭良心说，大爷，她真是一位又标致、又端庄、又温柔的好姑娘；范顿大爷，我告诉您吧，她很佩服您哩，谢天谢地。

范顿 你看起来我有几分希望吗？我的求婚不会失败吗？

桂嫂 真的，大爷，什么事情都是天老爷注定了的；可是，范顿大爷，我可以发誓她是爱您的。您的眼皮上不是长着一颗小疙瘩吗？

范顿 是有颗疙瘩，那便怎样呢？

桂嫂 嗽，这上面就有一段话呢。真的，我们这位小安就像换了个人似的，我们讲那颗疙瘩足足讲了一个钟点。人家讲的笑话一点不好笑，那姑娘讲的笑话才叫人打心窝里笑出来呢。可是我可以跟无论什么人打赌，她是个顶规矩的姑娘。她近来也实在太喜欢一个人发呆了，老像在想着什么心事似的。至于讲到您——那您尽管放心吧。

范顿 好，我今天要去看她。这几个钱请你收下，多多拜托你帮我说句好话。要是你比我先看见她，请你替我向她致意。

桂嫂 那还用说吗？下次要是有机会，我还要给您讲起那个疙瘩哩；我也可以告诉您还有些什么人在转她的念头。

范顿 好，回头见；我现在还有要事，不多谈了。

桂嫂 回头见，范顿大爷。（范顿下）这人是个规规矩矩的绅士，可是安并不爱他，谁也不及我更明白安的心思了。该死！我又忘了什么啦？（下。）

第二幕

第一场　培琪家门前

培琪大娘持书信上。

培琪大娘　什么！我在年轻貌美的时候，都不曾收到过什么情书，现在倒有人写起情书来给我了吗？让我来看："不要问我为什么我爱你；因为爱情虽然会用理智来作疗治相思的药饵，它却是从来不听理智的劝告的。你并不年轻，我也是一样；好吧，咱们同病相怜。你爱好风流，我也是一样；哈哈，那尤其是同病相怜。你喜欢喝酒，我也是一样；咱们俩岂不是天生的一对？要是一个军人的爱可以使你满足，那么培琪大娘，你也可以心满意足了，因为我已经把你爱上了。我不愿意说，可怜我吧，因为那不是一个军人所应该说的话；可是我说，爱我吧。愿意为你赴汤蹈火的，你的忠心的骑士，约翰·福斯塔夫上。"好一个胆大妄为的狗贼！嗳哟，万恶的万恶的世界！一个快要老死了的家伙，还要自命风流！真是见鬼！这个酒鬼究竟从我的谈话里抓到了什么出言不检的地方，竟敢用这种话来试探我？我还没有见过他三次面呢！我应该怎样对他说呢？那个时候，上帝饶恕我！我也只是说说笑笑罢了。哼，我要到议会里去上一个条陈，请他们把那班男人一概格杀勿论。我应该怎样报复他呢？我这一口气非出不可，这是不用问的，就像他的肠子都是用布丁做的一样。

福德大娘上。

福德大娘 培琪嫂子！我正要到您府上来呢。

培琪大娘 我也正要到您家里去呢。您脸色可不大好看呀。

福德大娘 那我可不信，我应该满面红光才是呢。

培琪大娘 说真的，我觉得您脸色可不大好看。

福德大娘 好吧，就算不大好看吧；可是我得说，我本来可以让您看到满面红光的。啊，培琪嫂子！您给我出个主意吧。

培琪大娘 什么事，大姊？

福德大娘 啊，大姊，我倘不是因为觉得这种事情太不好意思，我就可以富贵起来啦！

培琪大娘 大姊，管他什么好意思不好意思，富贵起来不好吗？是怎么一回事？——别理会什么不好意思；是怎么一回事？

福德大娘 我只要高兴下地狱走一趟，我就可以封爵啦。

培琪大娘 什么？你在胡说。爱丽·福德爵士！现在这种爵士满街都是，你还是不用改变你的头衔吧。

福德大娘 废话少说，你读一读这封信；你瞧了以后，就可以知道我怎样可以封起爵来。从此以后，只要我长着眼睛，还看得清男人的模样儿，我要永远瞧不起那些胖子。可是他当着我们的面，居然不曾咒天骂地，居然赞美贞洁的女人，居然装出那么正经的样子，自称从此再也不干那种种荒唐的事了；我还真想替他发誓，他说这话是真心诚意的；谁知他说的跟他做的根本碰不到一块儿，就像圣洁的赞美诗和下流的小曲儿那样天差地别。是哪一阵暴风把这条肚子里装着许多吨油的鲸鱼吹到了温莎的海岸上来？我应该怎样报复他呢？我想最好的办法是假意敷衍他，却永远不让他达到目的，直等罪恶的孽火把他熔化在他自己的脂油里。你有没有听见过这样的事情？

培琪大娘 你有一封信，我也有一封信，就是换了个名字！你不用只管揣摩，怎么会让人家把自己看得这样轻贱；请你大大地放心，瞧吧，这是你那封信的孪生兄弟——不过还是让你那封信做老大，我的信做老二好了，我决不来抢你的地位。我敢说，他已经写好了一千封这样的信，只要在空白的地方填下了姓名，就可以寄给人家；也许还不止一千封，咱们的已经是再版的了。他一定会把这种信刻成版子印起来的，因为他会把咱们两人的名字都放上去，可见他无论刻下了些什么乱七八糟的东西，都会一样不在乎。我要是跟他在一起睡觉，还是让一座山把我压死了吧。嘿，你可以找到二十只贪淫的乌龟，却不容易找到一个规规矩矩的男人。

福德大娘 嗳哟，这两封信简直是一个印版里印出来的，同样的笔迹，同样的字句。他到底把我们看做什么人啦？

培琪大娘 那我可不知道；我看见了这样的信，真有点自己不相信自己起来了。以后我一定得留心察看自己的行动，因为他要是不在我身上看出了一点我自己也不知道的不大规矩的地方，一定不会毫无忌惮到这个样子。

福德大娘 你说他毫无忌惮？哼，我一定要叫他知道厉害。

培琪大娘 我也是这个主意。要是我让他欺到我头上来，我从此不做人了。我们一定要向他报复。让我们约他一个日子相会，把他哄骗得心花怒放，然后我们采取长期诱敌的计策，只让他闻到鱼儿的腥气，不让他尝到鱼儿的味道，逗得他馋涎欲滴，饿火雷鸣，吃尽当光，把他的马儿都变卖给嘉德饭店的老板为止。

福德大娘 好，为了作弄这个坏东西，我什么恶毒的事情都愿意干，只要对我自己的名誉没有损害。啊，要是我的男人见了这封信，那还了得！他那股醋劲儿才大呢。

培琪大娘 嗳哟，你瞧，他来啦，我的那个也来啦；他是从来不吃醋的，我也从来不给他一点可以使他吃醋的理由；我希望他永远不吃醋才好。

福德大娘 那你的运气比我好得多啦。

培琪大娘 我们再商量商量怎样对付这个好色的骑士吧。过来。

（二人退后。）

　　　　福德、毕斯托尔、培琪、尼姆同上。

福德 我希望不会有这样的事。

毕斯托尔 希望在有些事情上是靠不住的。福斯塔夫在转你老婆的念头哩。

福德　我的妻子年纪也不小了。

毕斯托尔　他玩起女人来，不论贵贱贫富老少，在他都是一样；只要是女人都配他的胃口。福德，你可留点神吧。

福德　爱上我的妻子！

毕斯托尔　他心里火一样的热呢。你要是不赶快防备，只怕将来你头上会长什么东西出来，你会得到一个不雅的头衔。

福德　什么头衔？

毕斯托尔　头上出角的忘八哪。再见。偷儿总是乘着黑夜行事的，千万留心门户；否则只怕夏天还没到，郭公就在枝头对你叫了。走吧，尼姆伍长！培琪，他说的都是真话，你不可不信。（下。）

福德　（旁白）我必须忍耐一下，把这事情调查明白。

尼姆　（问培琪）这是真的，我不喜欢撒谎。他在许多地方对不起我。他本来叫我把那鬼信送给她，可是我就是真没有饭吃，也可以靠我的剑过日子。总而言之一句话，他爱你的老婆。我的名字叫做尼姆伍长，我说的话全是真的；我的名字叫尼姆，福斯塔夫爱你的老婆。天天让我吃那份儿面包干酪，我才没有那么好的胃口呢；我有什么胃口说什么话。再见。（下。）

培琪　（旁白）"有什么胃口说什么话，"这家伙夹七夹八的，不知在讲些什么东西！

福德　我要去找那福斯塔夫。

培琪　我从来没有听见过这样一个噜里噜苏、装腔作势的家伙。

福德　要是给我发觉了，哼。

培琪　我就不相信这种狗东西的话，虽然城里的牧师还说他是个

温莎的风流娘儿们

好人。

福德　他的话说得倒很有理，哼。

培琪　啊，娘子！

培琪大娘　官人，你到哪儿去？——我对你说。

福德大娘　嗳哟，我的爷！你有了什么心事啦？

福德　我有什么心事！我有什么心事？你回家去吧，去吧。

福德大娘　真的，你一定又在转着些什么古怪的念头。培琪嫂子，咱们去吧。

培琪大娘　好，你先请。官人，你今天回来吃饭吗。（向福德大娘旁白）瞧，那边来的是什么人？咱们可以叫她去带信给那个下流的骑士。

福德大娘　我刚才还想起了她，叫她去是再好没有了。

　　　　　快嘴桂嫂上。

培琪大娘　你是来瞧我的女儿安的吗？

桂嫂　正是呀，请问我们那位好安小姐好吗？

培琪大娘　你跟我们一块儿进去瞧瞧她吧；我们还有很多话要跟你讲哩。（培琪大娘、福德大娘及桂嫂同下。）

培琪　福德大爷，您怎么啦？

福德　你听见那家伙告诉我的话没有？

培琪　我听见了；还有那个家伙告诉我的话，你听见了没有？

福德　你想他们说的话靠得住靠不住？

培琪　理他呢，这些狗东西！那个骑士固然不是好人，可是这两个说他意图勾引你、我妻子的人，都是他的革退的跟班，现在没有事做了，什么坏话都会说得出来的。

福德　他们都是他的跟班吗？

培琪　是的。

福德　那倒很好。他住在嘉德饭店里吗？

培琪　正是。他要是真想勾搭我的妻子，我可以假作痴聋，给他一个下手的机会，看他除了一顿臭骂之外，还会从她身上得到什么好处。

福德　我并不疑心我的妻子，可是我也不放心让她跟别个男人在一起。一个男人太相信他的妻子，也是危险的。我不愿戴头巾，这事情倒不能就这样一笑置之。

培琪　瞧，咱们那位爱吵闹的嘉德饭店的老板来了。他瞧上去这样高兴，倘不是喝醉了酒，一定是袋里有了几个钱——

　　　　店主及夏禄上。

培琪　老板，您好？

店主　啊，老狐狸！你是个好人。喂，法官先生！

夏禄　我在这儿，老板，我在这儿。晚安，培琪大爷！培琪大爷，您跟我们一块儿去好吗？我们有新鲜的玩意儿看呢。

店主　告诉他，法官先生；告诉他，老狐狸。

夏禄　那个威尔士牧师休·爱文斯跟那个法国医生卡厄斯要有一场决斗。

福德　老板，我跟您讲句话儿。

店主　你怎么说，我的老狐狸？（二人退立一旁。）

夏禄　（向培琪）您愿意跟我们一块儿瞧瞧去吗？我们这位淘气的店主已经替他们把剑较量过了，而且我相信已经跟他们约好了两个不同的地方，因为我听人家说那个牧师是个非常认真的家伙。来，我告诉您，我们将要有怎样一场玩意儿。（二人退立一旁。）

温莎的风流娘儿们

店主　客人先生，你不是跟我的骑士有点儿过不去吗？

福德　不，绝对没有。我愿意送给您一瓶烧酒，请您让我去见见他，对他说我的名字是白罗克，那不过是跟他开开玩笑而已。

店主　很好，我的好汉；你可以自由出入，你说好不好？你的名字就叫白罗克。他是个淘气的骑士哩。诸位，咱们走吧。

夏禄　好，老板，请你带路。

培琪　我听人家说，这个法国人的剑术很不错。

夏禄　这算得了什么！我在年轻时候，也着实来得一手呢。从前这种讲究剑法的，一个站在这边，一个站在那边，你这么一刺，我这么一挥，还有各式各样的名目，我记也记不清楚；可是培琪大爷，顶要紧的毕竟还要看自己有没有勇气。不瞒您说，我从前凭着一把长剑，就可以叫四个高大的汉子抱头鼠窜哩。

店主　喂，孩子们，来！咱们该走了！

培琪　好，你先请吧。我倒不喜欢看他们真的打起来，宁愿听他们吵一场嘴。（店主、夏禄、培琪同下。）

福德　培琪是个胆大的傻瓜，他以为他的老婆一定不会背着他偷汉子，可是我却不能把事情看得这样大意。我的女人在培琪家的时候，他也在那儿，他们两人捣过什么鬼我也不知道。好，我还要仔细调查一下；我要先假扮了去试探试探福斯塔夫。要是侦察的结果，她并没有做过不规矩的事情，那我也可以放下心来；不然的话，也可以不致于给这一对男女蒙在鼓里。（下。）

第二场　嘉德饭店中一室

福斯塔夫及毕斯托尔上。

福斯塔夫　我一个子儿也不借给你。

毕斯托尔　那么我要凭着我的宝剑，去打出一条生路来了。你要是答应借给我，我将来一定如数奉还，决不拖欠。

福斯塔夫　一个子儿也没有。我让你把我的面子丢尽，从来不曾跟你计较过；我曾经不顾人家的讨厌，替你和你那个同伙尼姆一次两次三次向人家求情说项，否则你们早已像一对大猩猩一样，给他们抓起来关在铁笼子里了。我不惜违背良心，向我那些有身分的朋友们发誓说你们都是很好的军人，堂堂的男子；白律治太太丢了她的扇柄，我还用我的名誉替你辩护，说你没有把它偷走。

毕斯托尔　你不是也分到好处吗？我不是给你十五便士吗？

福斯塔夫　混蛋，一个人总要讲理呀；我难道白白地出卖良心吗？一句话，别尽缠我了，我又不是你的绞刑架，吊在我身边干什么？去吧；一把小刀一堆人！①快给我滚回你的贼窠里去吧！你不肯替我送信，你这混蛋！你的名誉要紧！哼，你这死不要脸的东西！连我要保牢我的名誉也谈何容易！就说我自己吧，有时为了没有办法，也只好昧了良心，把我的名誉置之不顾，去干一些偷偷摸摸的勾当；可是像你这样一个衣衫褴褛、野猫一样的面孔，满嘴醉话，动不动赌咒骂人的家伙，却也要讲起什么名誉来了！你不

---

①意即钻到人堆里去做扒手的勾当。

肯替我送信，好，你这混蛋！

毕斯托尔 我现在认错了，难道还不够吗？

罗宾上。

罗宾 爵爷，外面有一个妇人要见您说话。

福斯塔夫 叫她进来。

快嘴桂嫂上。

桂嫂 爵爷，您好？

福斯塔夫 你好，大嫂。

桂嫂 请爵爷别这么称呼我。

福斯塔夫 那么称呼你大姑娘。

桂嫂 我可以给你发誓，当初我刚出娘胎倒是个姑娘——在这一
点上我不愧是我妈妈的女儿。

福斯塔夫 人家发了誓，我还有什么不信的。你有什么事见我？

桂嫂 我可以跟爵爷讲一两句话吗？

福斯塔夫 好女人，你就是跟我讲两千句话，我也愿意听。

桂嫂 爵爷，有一位福德娘子，——请您再过来点儿；我自己是
住在卡厄斯大夫家里的。

福斯塔夫 好，你说下去吧，你说那位福德娘子——

桂嫂 爵爷说得一点不错——请您再过来点儿。

福斯塔夫 你放心吧。这儿没有外人，都是自家人，都是自家人。

桂嫂 真的吗？上帝保佑他们，收留他们做他的仆人！

福斯塔夫 好，你说吧，那位福德娘子——

桂嫂 嗳哟，爵爷，她真是个好人儿。天哪，天哪！您爵爷是个
风流的人儿！但愿天老爷饶恕您，也饶恕我们众人吧！

福斯塔夫 福德娘子，说呀，福德娘子——

桂嫂 好，干脆一句话，她一见了您，说来也叫人不相信，简直就给您迷住啦；就是女王驾幸温莎的时候，那些头儿脑儿顶儿尖儿的官儿们，也没有您这样中她的意。不瞒您说，那些乘着大马车的骑士们、老爷子们、数一数二的绅士们，去了一辆马车来了一辆马车，一封接一封的信，一件接一件的礼物，他们的身上都用麝香熏得香喷喷的，穿着用金线绣花的绸缎衣服，满口都是文绉绉的话儿，还有顶好的酒、顶好的糖，无论哪个女人都会给他们迷醉的，可是天地良心，她向他们眼睛也不曾眨过一眨。不瞒您说，今天早上人家还想塞给我二十块钱哩，可是我不要这种人家所说的不明不白的钱。说句老实话，就是叫他们中间坐第一把交椅的人来，也休想叫她陪他喝一口酒；可是尽有那些伯爵们呀，女王身边的随从们呀，一个一个在转她的念头；可是天地良心，她一点不把他们放在眼里。

福斯塔夫 可是她对我说些什么话？说简单一点，我的好牵线人。

桂嫂 她要我对您说，您的信她接到啦，她非常感激您的好意；她叫我通知您，她的丈夫在十点到十一点钟之间不在家。

福斯塔夫 十点到十一点钟之间？

桂嫂 对啦，一点不错；她说，您可以在那个时候来瞧瞧您所知道的那幅画像，她的男人不会在家里的。唉！说起她的那位福德大爷来，也真叫人气恨，一位好好的娘子，跟着他才真是倒楣；他是个妒心很重的男人，老是无缘无故跟她寻事。

福斯塔夫 十点到十一点钟之间。大嫂，请你替我向她致意，我一定不失约。

温莎的风流娘儿们

桂嫂　嗳哟，您说得真好。可是我还有一个信要带给您，培琪娘子也叫我问候您。让我悄悄地告诉您吧，在这儿温莎地方，她也好算得是一位贤惠端庄的好娘子，清早晚上从来不忘记祈祷。她要我对您说，她的丈夫在家的日子多，不在家的日子少，可是她希望总会找到一个机会。我从来不曾看见过一个女人会这么喜欢一个男人；我想您一定有迷人的魔力，真的。

福斯塔夫　哪儿的话，我不过略有一些讨人喜欢的地方而已，怎么会有什么迷人的魔力？

桂嫂　您真是太客气啦。

福斯塔夫　可是我还要问你一句话，福德家的和培琪家的两位娘子有没有让彼此知道她们两个人都爱着我一个人？

桂嫂　那真是笑话了！她们怎么会这样不害羞把这种事情告诉人呢？要是真有那样的事，才笑死人哩！可是培琪娘子要请您把您那个小童儿送给她，因为她的丈夫很喜欢那个小厮；天地良心，培琪大爷是个好人。在温莎地方，谁也不及培琪大娘那样享福啦；她爱做什么，就做什么，爱说什么，就说什么，要什么有什么，不愁吃，不愁穿，高兴睡就睡，高兴起来就起来，什么都称她的心；可是天地良心，也是她自己做人好，才会有这样的好福气，在温莎地方，她是位心肠再好不过的娘子了。您千万要把您那童儿送给她，谁都不能不依她。

福斯塔夫　好，那一定可以。

桂嫂　一定这样办吧，您看，他可以在你们两人之间来来去去传递消息；要是有不便明言的事情，你们可以自己商量好了一个暗号，只有你们两人自己心里明白，不必让那孩子懂得，因为小孩子们是不应该知道这些坏事情的，不比上了年纪的人，懂得世事，识得是非，那就不要紧了。

福斯塔夫 再见，请你替我向她们两位多多致意。这几个钱你先拿去，我以后还要重谢你哩。——孩子，跟这位大娘去吧。（桂嫂，罗宾同下）这消息倒害得我心乱如麻。

毕斯托尔 这雌儿是爱神手下的传书鸽，待我追上前去，拉满弓弦，把她一箭射下，岂不有趣！（下。）

福斯塔夫 老家伙，你说竟会有这等事吗？真有你的！从此以后，我要格外喜欢你这副老皮囊了。人家真的还会看中你吗？你花费了这许多本钱以后，现在才发起利市来了吗？好皮囊，谢谢你。人家嫌你长得太胖，只要胖得有样子，再胖些又有什么关系！

巴道夫持酒杯上。

巴道夫 爵爷，下面有一位白罗克大爷要见您说话，他说很想跟您交个朋友，特意送了一瓶白葡萄酒来给您解解渴。

福斯塔夫 他的名字叫白罗克吗？

巴道夫 是，爵爷。

福斯塔夫 叫他进来。（巴道夫下）只要有酒喝，管他什么白罗克不白罗克，我都一样欢迎。哈哈！福德大娘，培琪大娘，你们果然给我钓上了吗？很好！很好！

巴道夫偕福德化装重上。

福德 您好，爵爷！

福斯塔夫 您好，先生！您有什么话要对我说吗？

福德 素昧平生，就这样前来打搅您，实在冒昧得很。

福斯塔夫 不必客气。请问有何见教？——酒保，你去吧。(巴
　　　道夫下。)

福德 爵爷，贱名是白罗克，我是一个素来喜欢随便花钱的绅士。

福斯塔夫 久仰久仰！白罗克大爷，我很希望咱们以后常常来往。

福德 倘蒙爵爷不弃下交，真是三生有幸；可我决不敢要您破费
　　　什么。不瞒爵爷说，我现在总算身边还有几个钱，您要是
　　　需要的话，随时问我拿好了。人家说的，有钱路路通，否
　　　则我也不敢大胆惊动您啦。

福斯塔夫 不错，金钱是个好兵士，有了它就可以使人勇气百倍。

福德 不瞒您说，我现在带着一袋钱在这儿，因为嫌它拿着太累
　　　赘了，想请您帮帮忙，不论是分一半去也好，完全拿去也
　　　好，好让我走路也轻松一点。

福斯塔夫 白罗克大爷，我怎么可以无功受禄呢？

福德 您要是不嫌烦琐，请您耐心听我说下去，就可以知道我还
　　　要多多仰仗大力哩。

福斯塔夫 说吧，白罗克大爷，凡有可以效劳之处，我一定愿意
　　　为您出力。

福德 爵爷，我一向听说您是一位博学明理的人，今天一见之下，
　　　果然名不虚传，我也不必向您多说废话了。我现在所要对
　　　您说的事，提起来很是惭愧，因为那等于宣布了我自己的
　　　弱点；可是爵爷，当您一面听着我供认我的愚蠢的时候，
　　　一面也要请您反躬自省一下，那时您就可以知道一个人是
　　　多么容易犯这种过失，也就不会过分责备我了。

福斯塔夫 很好，请您说下去吧。

福德 本地有一个良家妇女，她的丈夫名叫福德。

福斯塔夫 嗯。

福德 我已经爱得她很久了，不瞒您说，在她身上我也花过不少钱；我用一片痴心追求着她，千方百计找机会想见她一面；不但买了许多礼物送给她，并且到处花钱打听她喜欢人家送给她什么东西。总而言之，我追逐她就像爱情追逐我一样，一刻都不肯放松；可是费了这许多心思力气的结果，一点不曾得到什么报酬，偌大的代价，只换到了一段痛苦的经验，正所谓"痴人求爱，如形捕影，瞻之在前，即之已冥"。

福斯塔夫 她从来不曾有过什么答应您的表示吗？

福德 从来没有。

福斯塔夫 您也从来不曾缠住她要她有一个答应的表示吗？

福德 从来没有。

福斯塔夫 那么您的爱究竟是怎样一种爱呢？

福德 就像是建筑在别人地面上的一座华厦，因为看错了地位方向，使我的一场辛苦完全白费。

福斯塔夫 您把这些话告诉我，是什么用意呢？

福德 请您再听我说下去，您就可以完全明白我今天的来意了。有人说，她虽然在我面前装模作样，好像是十分规矩，可是在别的地方，她却是非常放荡，已经引起不少人的闲话了。爵爷，我的用意是这样的：我知道您是一位教养优良、谈吐风雅、交游广阔的绅士，无论在地位上人品上都是超人一等，您的武艺、您的礼貌、您的学问，尤其是谁都佩服的。

福斯塔夫 您太过奖啦！

温莎的风流娘儿们

137

福德 您知道我说的都是真话。我这儿有的是钱，您尽管用吧，把我的钱全用完了都可以，只要请您分出一部分时间来，去把这个福德家的女人弄上了手，尽量发挥您的风流解数，把她征服下来。这件事情请您去办，一定比谁都要便当得多。

福斯塔夫 您把您心爱的人让给我去享用，那不会使您心里难过吗？我觉得老兄这样的主意，未免太不近情理啦。

福德 啊，请您明白我的意思。她靠着她的冰清玉洁的名誉做掩护，我虽有一片痴心，却不敢妄行非礼；她的光彩过于耀目了，使我不敢向她抬头仰望。可是假如我能够抓住她的一个把柄，知道她并不是神圣不可侵犯的，我就可以放大胆子，去实现我的愿望了；什么贞操、名誉、有夫之妇以及诸如此类的她的一千种振振有词的借口，到了那个时候便可以完全推翻了。爵爷，您看怎么样？

福斯塔夫 白罗克大爷，第一，我要老实不客气收下您的钱；第二，让我握您的手；第三，我要用我自己的身分向您担保，只要您下定决心，不怕福德的老婆不到您的手里。

福德 嗳哟，您真是太好了！

福斯塔夫 我说她一定会到您手里的。

福德 不要担心没有钱用，爵爷，一切都在我身上。

福斯塔夫 不要担心福德大娘会拒绝您，白罗克大爷，一切都在我身上。不瞒您说，刚才她还差了个人来约我跟她相会呢；就在您进来的时候，替她送信的人刚刚出去。十点到十一点钟之间，我就要看她去，因为在那个时候，她那吃醋的混蛋男人不在家里。您今晚再来看我吧，我可以让您知道我进行得顺利不顺利。

福德　能够跟您结识，真是幸运万分。您认不认识福德？

福斯塔夫　哼，这个没造化的死乌龟！谁跟这种东西认识？可是我说他"没造化"，真是委屈了他，人家说这个爱吃醋的忘八倒很有钱呢，所以我才高兴去勾搭他的老婆；我可以用她做钥匙，去打开这个忘八的钱箱，这才是我的真正的目的。

福德　我很希望您认识那个福德，因为您要是认识他，看见他的时候也可以躲避躲避。

福斯塔夫　哼，这个靠手艺吃饭、卖咸黄油的混蛋！我只要向他瞪一瞪眼，就会把他吓坏了。我要用棍子降伏他，并且把我的棍子挂在他的绿帽子上作为他的克星。白罗克大爷，您放心吧，这种家伙不在我的眼里，您一定可以跟他的老婆睡觉。天一晚您就来。福德是个混蛋，可是白罗克大爷，您瞧着我吧，我会给他加上一重头衔，混蛋而兼忘八，他就是个混账忘八蛋了。今夜您早点来吧。（下。）

福德　好一个万恶不赦的淫贼！我的肚子都几乎给他气破了。谁说这是我的瞎疑心？我的老婆已经寄信给他，约好钟点和他相会了。谁想得到会有这种事情？娶了一个不贞的妻子，真是倒楣！我的床要给他们弄脏了，我的钱要给他们偷了，还要让别人在背后讥笑我；这样害苦我不算，还要听那奸夫当着我的面辱骂我！骂我别的名字倒也罢了，魔鬼夜叉，都没有什么关系，偏偏口口声声的乌龟忘八！乌龟！忘八！这种名字就是魔鬼听了也要摇头的。培琪是个呆子，是个粗心的呆子，他居然会相信他的妻子，他不吃

温莎的风流娘儿们

醋！哼，我可以相信猫儿不会偷荤，我可以相信我们那位威尔士牧师休师傅不爱吃干酪，我可以把我的烧酒瓶交给一个爱尔兰人，我可以让一个小偷把我的马儿拖走，可是我不能放心让我的妻子一个人待在家里；让她一个人在家里，她就会千方百计地耍起花样来，她们一想到要做什么事，简直可以什么都不顾，非把它做到了决不罢休。感谢上帝赐给我这一副爱吃醋的脾气！他们约定在十一点钟会面，我要去打破他们的好事，侦察我的妻子的行动，向福斯塔夫出出我胸头这一口冤气，还要把培琪取笑一番。我马上就去，宁可早三点钟，不可迟一分钟。哼！哼！乌龟！忘八！（下。）

第三场　温莎附近的野地

卡厄斯及勒格比上。

卡厄斯　勒格比！

勒格比　有，老爷。

卡厄斯　勒格比，现在几点钟了？

勒格比　老爷，休师傅约好的时间已经过去了。

卡厄斯　哼，他不来，便宜了他的狗命；他在念《圣经》做祷告，所以他不来。哼，勒格比，他要是来了，早已一命呜呼了。

勒格比　老爷，这是他的聪明，他知道他要是来了，一定会给您杀死的。

卡厄斯　哼，我要是不把他杀死，我就不是个人。勒格比，拔出你的剑来，我要告诉你我怎样杀死他。

勒格比 嗳哟，老爷！我可不会使剑呢。

卡厄斯 狗才，拔出你的剑来。

勒格比 慢慢，有人来啦。

店主、夏禄、斯兰德及培琪上。

店主 你好，老头儿！

夏禄 卡厄斯大夫，您好！

培琪 您好，大夫！

斯兰德 早安，大夫！

卡厄斯 你们一个、两个、三个、四个，来干什么？

店主 瞧你斗剑，瞧你招架，瞧你回手；瞧你这边一跳，瞧你那边一闪；瞧你仰冲俯刺，旁敲侧击，进攻退守。他死了吗，我的黑家伙？他死了吗，我的法国人？哈，好家伙！怎么说，我的罗马医神？我的希腊大医师？我的老交情？哈，他死了吗，我的冤大头？他死了吗？

卡厄斯 哼，他是个没有种的狗牧师；他不敢到这儿来露脸。

店主 你是粪缸里的元帅，希腊的大英雄，好家伙！

卡厄斯 你们大家给我证明，我已经等了他六七个钟头、两个钟头、三个钟头，他还是没有来。

夏禄 大夫，这是他的有见识之处；他给人家医治灵魂，您给人家医治肉体，要是你们打起架来，那不是违反了你们行当的宗旨了吗？培琪大爷，您说我这话对不对？

培琪 夏禄老爷，您现在喜欢替人家排难解纷，从前却也是一名打架的好手哩。

夏禄 可不是吗？培琪大爷，我现在虽然老了，人也变得好说话了，可是看见人家拔出刀剑来，我的手指还是觉得痒痒的。培琪大爷，我们虽然做了法官，做了医生，做了教士，总还有几分年轻人的血气；我们都是女人生下来的呢，培琪大爷。

培琪 正是正是，夏禄老爷。

夏禄 培琪大爷，您看吧，我的话是不会错的。卡厄斯大夫，我想来送您回家去。我是一向主张什么事情都可以和平解决的。您是一个明白道理的好医生，休师傅是一个明白道理很有涵养的好教士，大家何必伤了和气。卡厄斯大夫，您还是跟我一起回去吧。

店主 对不起，法官先生。——跟你说句话，尿先生。①

卡厄斯 刁！这是什么玩意儿？

店主 "尿"，在我们英国话中就是"有种"的意思，好人儿。

卡厄斯 老天，这么说，我跟随便哪一个英国人比起来也一样的"刁"——发臭的狗牧师！老天，我要割掉他的耳朵。

店主 他要把你揍个扁呢，好人儿。

卡厄斯 "揍个扁"！这是什么意思？

店主 这是说，他要给你赔不是。

卡厄斯 老天，我看他不把我"揍个扁"也不成哪；老天，我就要他把我揍个扁。

店主 我要"挑拨"他一番，叫他这么办，否则让他走！

卡厄斯 费心了，我谢谢你。

店主 再说，好人儿——（向夏禄等旁白）你跟培琪大爷和斯兰

---

①当时医生治病，先验病人小便，所以店主用"尿"讥笑卡厄斯医生。

德少爷从大路走，先到弗劳莫去。

培琪　休师傅就在那里吗？

店主　是的，你们去看看他在那里发些什么牢骚，我再领着这个医生从小路也到那里。你们看这样好不好？

夏禄　很好。

培琪、夏禄、斯兰德　卡厄斯大夫，我们先走一步，回头见。（下。）

卡厄斯　哼，我要是不杀死这个牧师，我就不是个人；谁叫他多事，替一个猴崽子向安·培琪说亲。

店主　这种人让他死了也好。来，把你的怒气平一平，跟我在田野里走走，我带你到弗劳莫去，安·培琪小姐正在那里一家乡下人家吃酒，你可以当面向她求婚。你说我这主意好不好？

卡厄斯　谢谢你，谢谢你，你是我的好朋友。我一定要介绍许多好主顾给你，那些阔佬大官，我都看过他们的病。

店主　你这样帮我忙，我一定"阻挠"你娶到安·培琪。我说得好不好？

卡厄斯　很好很好，好得很。

店主　那么咱们走吧。

卡厄斯　跟我来，勒格比。（同下。）

第三幕

第一场　弗劳莫附近的野地

爱文斯及辛普儿上。

爱文斯　斯兰德少爷的尊价，辛普儿我的朋友，我叫你去看看那个自称为医生的卡厄斯大夫究竟来不来，请问你是到哪一条路上去看他的？

辛普儿　师傅，我每一条路上都去看过了，就是那条通到城里去的路上没有去看过。

爱文斯　千万请你再到那一条路上去看一看。

辛普儿　好的，师傅。（下。）

爱文斯　祝福我的灵魂！我气得心里在发抖。我倒希望他欺骗我。真的气死我也！我恨不得把他的便壶摔在他那狗头上。祝福我的灵魂！（唱）

众鸟嘤鸣其相和兮，

临清流之潺溪，

展蔷薇之芳茵兮，

缀百花以为环。

上帝可怜我！我真的要哭出来啦。（唱）

众鸟嘤鸣其相和兮，

余独处乎巴比伦，

缀百花以为环兮，

临清流——

       辛普儿重上。

辛普儿　他就要来了，在这一边，休师傅。

爱文斯　他来得正好。（唱）

临清流之潺溪——

上帝保佑好人！——他拿着什么家伙？

辛普儿　他没有带什么家伙，师傅。我家少爷，还有夏禄老爷和

    另外一位大爷，也跨过梯磴，从那边一条路上来了。

爱文斯　请你把我的道袍给我；不，还是你给我拿在手里吧。（读

    书。）

       培琪、夏禄及斯兰德上。

夏禄　啊，牧师先生，您好？又在用功了吗？真的是赌鬼手里的

    骰子，学士手里的书本，夺也夺不下来的。

斯兰德　（旁白）啊，可爱的安·培琪！

培琪　您好，休师傅！

爱文斯　上帝祝福你们！

夏禄　啊，怎么，一手宝剑，一手经典！牧师先生，难道您竟然

温莎的风流娘儿们

是才兼文武吗?

培琪 在这样阴寒的天气,您这样短衣长袜,外套也不穿一件,精神倒着实不比年轻人坏哩!

爱文斯 这都是有缘故的。

培琪 牧师先生,我们是来给您做一件好事的。

爱文斯 很好,是什么事?

培琪 我们刚才碰见一位很有名望的绅士,大概是受了什么人的委屈,在那儿大发脾气。

夏禄 我活了八十多岁了,从来不曾听见过一个像他这样有地位、有学问、有气派的人,会这样忘记自己的身分。

爱文斯 他是谁?

培琪 我想您也一定认识他的,就是那位著名的法国医生卡厄斯大夫。

爱文斯 嗳哟,气死我也!你们向我提起他的名字,还不如向我提起一块烂浆糊。

培琪 为什么?

爱文斯 他懂写什么医经药典!他是个坏蛋,一个十足没有种的坏蛋!

培琪 您跟他打起架来,才知道他厉害呢。

斯兰德 (旁白)啊,可爱的安·培琪!

夏禄 看样子也是这样,他手里拿着武器呢。卡厄斯大夫来了,别让他们碰在一起。

店主、卡厄斯及勒格比上。

培琪 不,好牧师先生,把您的剑收起来吧。

夏禄 卡厄斯大夫,您也收起来吧。

146

店主 把他们的剑夺下来，由着他们对骂一场；让他们保全了皮肉，只管把英国话撕个粉碎吧。

卡厄斯 请你让我在你的耳边问你一句话，你为什么失约不来？

爱文斯 （向卡厄斯旁白）不要生气，有话慢慢讲。

卡厄斯 哼，你是个懦夫，你是个狗东西猴崽子！

爱文斯 （向卡厄斯旁白）别人在寻我们的开心，我们不要上他们的当，伤了各人的和气，我愿意和你交个朋友，我以后补报你好啦。（高声）我要把你的便壶摔在你的狗头上，谁叫你约了人家自己不来！

卡厄斯 他妈的！勒格比——老板，我没有等他来送命吗？我不是在约定的地方等了他好久吗？

爱文斯 我是个相信耶稣基督的人，我不会说假话，这儿才是你约定的地方，我们这位老板可以替我证明。

店主 我说，你这位法国大夫，你这位威尔士牧师，一个替人医治身体，一个替人医治灵魂，你也不要吵，我也不要闹，大家算了吧！

卡厄斯 喂，那倒是很好，好极了！

店主 我说，大家静下来，听我店主说话。你们看我的手段巧不巧？主意高不高？计策妙不妙？咱们少得了这位医生吗？少不了，他要给我开方服药。咱们少得了这位牧师，这位休师傅吗？少不了，他要给我念经讲道。来，一位在家人，一位出家人，大家跟我握握手。好，老实告诉你们吧，你们两个人都给我骗啦，我叫你们一个人到这儿，一个人到那儿，大家扑了个空。现在我们已经知道你们两位都是好汉，谁的身上也不曾伤了一根毛，落得喝杯酒，大家讲和

温莎的风流娘儿们

了吧。来，把他们的剑拿去当了。来，孩子们，大家跟我来。

夏禄　真是一个疯老板！——各位，大家跟着他去吧。

斯兰德　（旁白）啊，可爱的安·培琪！（夏禄、斯兰德、培琪及店主同下。）

卡厄斯　嘿！有这等事！你把我们当作傻瓜了吗？嘿！嘿！

爱文斯　好得很，他简直拿我们开玩笑。我说，咱们还是言归于好，大家商量出个办法，来向这个欺人的坏家伙，这个嘉德饭店的老板，报复一下吧。

卡厄斯　很好，我完全赞成。他答应带我来看安·培琪，原来也是句骗人的话，他妈的！

爱文斯　好，我要打破他的头。咱们走吧。（同下。）

第二场　温莎街道

培琪大娘及罗宾上。

培琪大娘　走慢点儿，小滑头；你一向都是跟在人家屁股后面跑的，现在倒要抢上人家前头啦。我问你，你愿意我跟着你走呢，还是你愿意跟着主人走？

罗宾　我愿意像一个男子汉那样在您前头走，不愿意像一个小鬼那样跟着他走。

培琪大娘　唷！你倒真是个小油嘴，我看你将来很可以到宫廷里去呢。

福德上。

福德　培琪嫂子，咱们碰见得巧极啦。您上哪儿去？

培琪大娘　福德大爷，我正要去瞧您家嫂子哩。她在家吗？

福德　在家，她因为没有伴，正闷得发慌。照我看来，要是你们两人的男人都死掉了，你们两人大可以结为夫妻呢。

培琪大娘　您不用担心，我们各人会再去嫁一个男人的。

福德　您这个可爱的小鬼头是哪儿来的？

培琪大娘　我总记不起把他送给我丈夫的那个人叫什么名字。喂，你说你那个骑士姓甚名谁？

罗宾　约翰·福斯塔夫爵士。

福德　约翰·福斯塔夫爵士！

培琪大娘　对了，对了，正是他；我顶不会记人家的名字。他跟我的丈夫非常要好。您家嫂子真的在家吗？

福德　真的在家。

培琪大娘　那么，少陪了，福德大爷，我巴不得立刻就看见她呢。

（培琪大娘及罗宾下。）

福德　培琪难道没有脑子吗？他难道一点都看不出，一点不会思想吗？哼，他的眼睛跟脑子一定都睡着了，因为他就是生了它们也不会去用的。嘿，这孩子可以送一封信到二十哩外的地方去，就像炮弹从炮口开到二百四十步外去一样容易。他放纵他的妻子，让她想入非非，为所欲为；现在她要去瞧我的妻子，还带着福斯塔夫的小厮！一个聪明人难道看不出苗头来吗？还带着福斯塔夫的小厮！好计策！他们已经完全布置好了；我们两家不贞的妻子，已经通同一气，一块儿去干这种不要脸的事啦。好，让我先去捉住那家伙，再去教训教训我的妻子，把这位假正经的培琪大娘

温莎的风流娘儿们

的假面具揭了下来，让大家知道培琪是个冥顽不灵的忘八。我干了这一番轰轰烈烈的事情，人家一定会称赞我。（钟鸣）时间已经到了，事不宜迟，我必须马上就去；我相信一定可以把福斯塔夫找到。人家都会称赞我，不会讥笑我，因为福斯塔夫一定跟我妻子在一起，就像地球是结实的一样毫无疑问。我就去。

培琪、夏禄、斯兰德、店主、爱文斯、卡厄斯及勒格比上。

培琪、夏禄等　福德大爷，咱们遇见得巧极啦。

福德　真是来了大队人马。我正要请各位到舍间去喝杯酒呢。

夏禄　福德大爷，我有事不能奉陪，请您原谅。

斯兰德　福德大叔，我也要请您原谅，我们已经约好到安小姐家里吃饭，人家无论给我多少钱，也不能使我失她的约。

夏禄　我们打算替培琪家小姐跟我这位斯兰德贤侄攀一门亲事，今天就可以得到回音。

斯兰德　培琪大叔，我希望您不会拒绝我。

培琪　我是一定答应的，斯兰德少爷；可是卡厄斯大夫，我的内人却看中您哩。

卡厄斯　嗯，是的，而且那姑娘也爱着我，我家那个快嘴桂嫂已经这样告诉我了。

店主　您觉得那位年轻的范顿怎样？他会跳跃，他会舞蹈，他的眼睛里闪耀着青春，他会写诗，他会说漂亮话，他的身上有春天的香味；他一定会成功的，他一定会成功的。他好象已经到了手、放进了口袋、连扣子都扣上了；他一定会成功的。

培琪 可是他要是不能得到我的允许，就不会成功。这位绅士没有家产，他常常跟那位胡闹的王子①他们在一起厮混，他的地位太高，他所知道的事情也太多啦。不，我的财产是不能让他染指的。要是他跟她结婚，就让他把她空身娶了过去；我这份家私要归我自己作主，我可不能答应让他分了去。

福德 请你们中间无论哪几位赏我一个面子，到舍间吃便饭；除了酒菜之外，还有新鲜的玩意儿，我有一头怪物要拿出来给你们欣赏欣赏。卡厄斯大夫，您一定要去；培琪大爷，您也去；还有休师傅，您也去。

夏禄 好，那么再见吧；你们去了，我们到培琪大爷家里求起婚来，说话也可以方便一些。（夏禄、斯兰德下。）

卡厄斯 勒格比，你先回家去，我就来。（勒格比下。）

店主 回头见，我的好朋友们；我要回去陪我的好骑士福斯塔夫喝酒去。（下。）

福德 （旁白）对不起。我要先让他出一场丑哩。——列位，请了。

众人 请了，我们倒要瞧瞧那个怪物去。（同下。）

第三场　福德家中一室

福德大娘及培琪大娘上。

福德大娘 喂，约翰！喂，劳勃！

_____

①指亨利四世的太子，后为亨利五世。

151

温莎的风流娘儿们

培琪大娘　赶快，赶快！——那个盛脏衣服的篓子呢？

福德大娘　已经预备好了。喂，罗宾！

　　　　　　　二仆携篓上。

培琪大娘　来，来，来。

福德大娘　这儿，放下来。

培琪大娘　你吩咐他们怎样做，干干脆脆几句话就得了。

福德大娘　好，约翰和劳勃，我早就对你们说过了，叫你们在酿
　　　　　　酒房的近旁等着不要走开，我一叫你们，你们就跑来，马
　　　　　　上把这篓子扛了出去，跟着那些洗衣服的人一起到野地里
　　　　　　去，跑得越快越好，一到那里，就把它扔在泰晤士河旁边
　　　　　　的烂泥沟里。

培琪大娘　听见了没有？

福德大娘　我已经告诉过他们好几次了，他们不会弄错的。快去，
　　　　　　我一叫你们，你们就来。（二仆下。）

培琪大娘　小罗宾来了。

　　　　　　　罗宾上。

福德大娘　啊，我的小鹰儿！你带什么信息来了？

罗宾　　福德奶奶，我家主人约翰爵士已经从您的后门进来了，他
　　　　　　要跟您谈几句话。

培琪大娘　你这小鬼，你有没有在你主人面前搬嘴弄舌？

罗宾　　我可以发誓，我的主人不知道您也在这儿；他还向我说，
　　　　　　要是我把他到这儿来的事情告诉了您，他一定要把我撵走。

培琪大娘　这才是个好孩子，你嘴巴闭得紧，我一定替你做一身
　　　　　　新衣服穿。现在我先去躲起来。

福德大娘　好的。你去告诉你的主人，说屋子里只有我一个人。

（罗宾下）培琪嫂子，你别忘了你的戏。

培琪大娘 你放心吧，我要是这场戏演不好，你尽管喝倒彩好了。
（下。）

福德大娘 好，让我们教训教训这个肮脏的脓包，这个满肚子臭水的胖冬瓜，叫他知道鸽子和老鸦的分别。

福斯塔夫上。

福斯塔夫 我的天上的明珠，你果然给我捉到了吗？我已经活得很长久了，现在让我死去吧，因为我的心愿已经完全达到了。啊，这幸福的时辰！

福德大娘 嗳哟，好爵爷！

福斯塔夫 好娘子，我不会说话，那些口是心非的好听话，我一句也不会。我现在心里正在起着一个罪恶的念头，但愿你的丈夫早早死了，我一定要娶你回去，做我的夫人。

福德大娘 我做您的夫人！唉，爵爷！那我怎么做得像呢？

福斯塔夫 在整个法兰西宫廷里也找不出像你这样一位漂亮的夫人。瞧你的眼睛比金刚钻还亮；你的秀美的额角，戴上无论哪一种威尼斯流行的新式帽子，都是一样合适的。

福德大娘 爵爷，像我这样的村婆娘，只好用青布包包头，能够不给人家笑话，也就算了，哪里配得上讲什么打扮。

福斯塔夫 嗳哟，你说这样话，未免太侮辱了你自己啦。你要是到宫廷里去，一定可以大出风头；你那端庄的步伐，穿起圆圆的围裙来，一定走一步路都是仪态万方。命运虽然不曾照顾你，造物却给了你绝世的姿容，你就是有意把它遮掩，也是遮掩不了的。

福德大娘 您太过奖啦，我怎么有这样的好处呢？

温莎的风流娘儿们

153

福斯塔夫　那么我为什么爱你呢？这就可以表明在你的身上，的确有一点与众不同的地方。我不会像那些油头粉面、一身骚气的轻薄少年一样，说你是这样、那样，把你捧上天去；可是我爱你，我爱的只是你，你是值得我爱的。

福德大娘　别骗我啦，爵爷，我怕您爱着培琪嫂子哩。

福斯塔夫　难道我放着大门不走，偏偏要去走那倒楣的、黑魆魆的旁门吗？

福德大娘　好，天知道我是怎样爱着您，您总有一天会明白我的心的。

福斯塔夫　希望你永远不要变心，我总不会有负于你。

福德大娘　我怎么也得向您表明我的心迹，您别叫我在您身上白用了我的心呀；要不然我就不肯费这番心思了。

罗宾　（在内）福德奶扨！福德奶奶！培琪奶奶在门口，她满头是汗，气都喘不上来，慌慌张张的，一定要立刻跟您说话。

福斯塔夫　别让她看见我；我就躲在帐幕后面吧。

福德大娘　好，您快躲起来吧，她是个多嘴多舌的女人。（福斯塔夫匿幕后。）

　　　　　　　　培琪大娘及罗宾重上。

福德大娘　什么事？怎么啦？

培琪大娘　嗳哟，福德嫂子！你干了什么事啦？你的脸从此丢尽，你再也不能做人啦！

福德大娘　什么事呀，好嫂子？

培琪大娘　嗳哟，福德嫂子！你嫁了这么一位好丈夫，为什么要让他对你起疑心？

福德大娘　对我起什么疑心？

培琪大娘 起什么疑心！算了，别装傻啦！总算我看错了人。

福德大娘 唉，到底是怎么一回事呀？

培琪大娘 我的好奶奶，你那汉子带了温莎城里所有的捕役，就要到这儿来啦；他说有一个男人在这屋子里，是你趁着他不在家的时候约来的，他们要来捉这奸夫哩。这回你可完啦！

福德大娘 （旁白）说响一点。——嗳哟，不会有这种事吧？

培琪大娘 谢天谢地，但愿你这屋子里没有男人！可是半个温莎城里的人都跟在你丈夫背后，要到这儿来搜寻这么一个人，这件事情却是千真万确的。我抢先一步来通知你，要是你没有做过亏心事，那自然最好；倘然你真的有一个朋友在这儿，那么赶快带他出去吧。别怕，镇静一点。你必须保全你的名誉，不然你的一生从此完啦。

福德大娘 我怎么办呢？果然有一位绅士在这儿，他是我的好朋友；我自己丢脸倒还不要紧，只怕连累了他，要是能够把他弄出这间屋子，叫我损失一千镑钱我都愿意。

培琪大娘 要命！你的汉子就要来啦，你还尽说废话！想想办法吧，这屋子里是藏不了他的。唉，我还当你是个好人！瞧，这儿有一个篓子，他要是不太高大，倒可以钻进去躲一下，再用些龌龊衣服堆在上面，让人家看见了，当做一篓预备送出去漂洗的衣服——啊，对了，就叫你家的两个仆人把他连篓一起抬了出去，岂不一干二净？

福德大娘 他太胖了，恐怕钻不进去，怎么好呢？

福斯塔夫 （自幕后出）让我看，让我看，啊，让我看！我进去，我进去。就照你朋友的话吧；我进去。

温莎的风流娘儿们

培琪大娘　啊，福斯塔夫爵士！原来是你吗？你给我的信上怎么
　　　　说的？

福斯塔夫　我爱你，我只爱你一个人；帮我离开这屋子；让我钻
　　　　进去。我再也不——（钻入篓内，二妇以污衣覆其上。）

培琪大娘　孩子，你也来帮着把你的主人遮盖遮盖。福德嫂子，
　　　　叫你的仆人进来吧。好一个欺人的骑士！

福德大娘　喂，约翰！劳勃！约翰！（罗宾下。）

　　　　　　　二仆重上。

福德大娘　赶快把这一篓衣服抬起来。杠子在什么地方？嗳哟，
　　　　瞧你们这样慢手慢脚的！把这些衣服送到洗衣服的那里
　　　　去；快点！快点！

　　　　福德、培琪、卡厄斯及爱文斯同上。

福德　各位请过来；要是我的疑心全无根据，你们尽管把我取笑
　　　好了。让我成为你们的笑柄；是我活该如此。啊！这是什
　　　么？你们把这篓子抬到哪儿去？

仆人　抬到洗衣服的那里去。

福德大娘　咦，他们把它抬到什么地方，跟你有什么相干？你就
　　　　是爱多管闲事，人家洗衣服，你也要问长问短的。

福德　哼，洗衣服！我倒希望把这屋子也洗洗干净呢，什么野畜
　　　生都可以跑进跑出——还是一头交配时期的野畜生呢！
　　　（二仆抬篓下）各位朋友，昨天晚上我做了一个梦，让我把
　　　这个梦告诉你们听。这儿是我的钥匙，请你们跟我到房间
　　　里来搜一下，我相信我们一定会捉到那头狐狸的。让我先
　　　把这门锁上了。好，咱们捉狐狸去。

培琪　福德大爷，有话好讲，何必急成这个样子，让人家瞧着笑

话。

福德 对啦，培琪大爷。各位上去吧，你们马上就有新鲜的把戏看了；大家跟我来。（下。）

爱文斯 这种吃醋简直是无理取闹。

卡厄斯 我们法国就没有这种事，法国人是不兴吃醋的。

培琪 咱们还是跟他上去吧，瞧他搜出什么来。（培琪、卡厄斯、爱文斯同下。）

培琪大娘 咱们这计策岂不是一举两得？

福德大娘 我不知道愚弄我的丈夫跟愚弄福斯塔夫，比较起来哪一件事更使我高兴。

培琪大娘 你的丈夫问那篓子里有什么东西的时候，他一定吓得要命。

福德大娘 我想他是应该洗个澡了，把他扔在水里，对于他也是有好处的。

培琪大娘 该死的骗人的坏蛋！我希望像他那一类的人都要得到这种报应。

福德大娘 我觉得我的丈夫有点知道福斯塔夫在这儿；我从来没有见过他像今天这样的一股醋劲。

培琪大娘 让我想个计策把他试探试探。福斯塔夫那家伙虽然已经受到一次教训，可是像他那样荒唐惯了的人，一服药吃下去未必见效，我们应当让他多知道些厉害才是。

福德大娘 我们要不要再叫快嘴桂嫂那个傻女人到他那儿去，对他说这次把他扔在水里，实在是一时疏忽，并非故意，请他原谅，再约他一个日期，好让我们再把他作弄一次？

培琪大娘 一定那么办；我们叫他明天八点钟来，替他压惊。

温莎的风流娘儿们

福德、培琪、卡厄斯及爱文斯重上。

福德 我找不到他；这混蛋也许只会吹牛，他自己知道这种事情是办不到的。

培琪大娘 （向福德大娘旁白）你听见吗？

福德大娘 （向培琪大娘旁白）嗯，别说话。——福德大爷，您待我真是太好了，是不是？

福德 是，是，是。

福德大娘 上帝保佑您以后再不要用这种龌龊心思猜疑人家！

福德 阿门！

培琪大娘 福德大爷，您真太对不起您自己啦。

福德 是，是，是我不好。

爱文斯 这屋子里、房间里、箱子里、壁橱里，要是找得出一个人来，那么上帝在最后审判的日子饶恕我的罪恶吧！

卡厄斯 我也找不出来，一个人也没有。

培琪 啧！啧！福德大爷！您不害羞吗？什么鬼附在您身上，叫您想起这种事情来呢？我希望您以后再不要发这种精神病了。

福德 培琪大爷，这都是我不好，自取其辱。

爱文斯 这都是您良心不好的缘故，尊夫人是一位大贤大德的娘子，五千个女人里头也挑不出像她这样的一个；不，就是五百个里也挑不出呢。

卡厄斯 她真的是一个规矩女人。

福德 好，我说过我请你们来吃饭。来，来，咱们先到公园里走走吧。请诸位多多原谅，我以后会告诉你们今天我有这一番举动的缘故。来，娘子。来，培琪嫂子。请你们原谅我，今天实在吵得太不像话了，请不要见怪！

培琪 列位，咱们进去吧，可是今天一定要把他大大地取笑一番。明天早晨我请你们到舍间吃一顿早饭，吃过早饭，就去打鸟去；我有一只很好的猎鹰，要请你们赏识赏识它的本领。诸位以为怎样？

福德 一定奉陪。

爱文斯 要是只有一个人去，我就是第二个。

卡厄斯 要是只有一个、两个人去，我就是第三个。

福德 培琪大爷，请了。

爱文斯 请你明天不要忘记嘉德饭店老板那个坏家伙。

卡厄斯 很好，我一定不忘记。

爱文斯 这坏家伙，专爱开人家的玩笑！（同下。）

第四场　培琪家中一室

范顿、安·培琪及快嘴桂嫂上；桂嫂立一旁。

范顿 我知道我得不到你父亲的欢心，所以你别再叫我去跟他说话了，亲爱的小安。

安 唉！那么怎么办呢？

范顿 你应当自己作主才是。他反对我的理由，是说我的门第太高，又说我因为家产不够挥霍，想要靠他的钱来弥补弥补；此外他又举出种种理由，说我过去的行为太放荡，说我结交的都是一班胡闹的朋友；他老实不客气地对我说，我所以爱你，不过是把你看作一注财产而已。

温莎的风流娘儿们

安　他说的话也许是对的。

范顿　不，我永远不会有这样的存心！安，我可以向你招认，我最初来向你求婚的目的，的确是为了你父亲的财产；可是自从我认识了你以后，我就觉得你的价值远超过一切的金银财富；我现在除了你美好的本身以外，再没有别的希求。

安　好范顿大爷，您还是去向我父亲说说吧，多亲近亲近他吧。要是机会和最谦卑的恳求都不能使您达到目的，那么——您过来，我对您说。（二人在一旁谈话。）

　　　　　　夏禄及斯兰德上。

夏禄　桂嫂，打断他们的谈话，让我的侄子自己去向她求婚。

斯兰德　成功失败，在此一试。

夏禄　不要慌。

斯兰德　不，她不会使我发慌，我才不放在心上呢；可是我有点胆怯。

桂嫂　安，斯兰德少爷要跟你讲句话哩。

安　我就来。（旁白）这是我父亲中意的人。唉！有了一年三百镑的收入，顶不上眼的伧夫也就变成俊汉了。

桂嫂　范大爷，您好？请您过来说句话。

夏禄　她来了；侄儿，你上去吧。孩子，你要记得你有过父亲！

斯兰德　安小姐，我有过父亲，我的叔父可以告诉您许多关于他的很有趣的笑话。叔父，请您把我的父亲怎样从人家篱笆里偷了两只鹅的那个笑话讲给安小姐听吧，好叔父。

夏禄　安小姐，我的侄儿很爱您。

斯兰德　对了，正像我爱葛罗斯特郡的无论哪一个女人一样。

夏禄　他愿意像贵妇人一样地供养您。

斯兰德　这是一定的事，不管来的是什么人，尽管身份比我们乡
　　　　绅人家要低。

夏禄　他愿意在他的财产里划出一百五十镑钱来归在您的名下。

安　夏禄老爷，他要求婚，还是让他自己说吧。

夏禄　啊，谢谢您，我真感谢您的好意。侄儿，她叫你哩；我让
　　　　你们两个人谈谈吧。

安　斯兰德世兄。

斯兰德　是，好安小姐？

安　您对我有什么高见？

斯兰德　我有什么高见？老天爷的心肝哪！真是的，这玩笑开得
　　　　多么妙！我从来也没有过什么高见；我才不是那种昏头昏
　　　　脑的家伙，我赞美上天。

安　我是说，斯兰德世兄，你有什么话要跟我说？

斯兰德　实实在在说，我自己本来一点没有什么话要跟您说，都
　　　　是令尊跟家叔两个人的主张。要是我有这运气，那固然很
　　　　好，不然的话，就让别人来享受这个福分吧！他们可以告
　　　　诉您许多我自己不会说的话，您还是去问您的父亲吧；他
　　　　来了。

培琪及培琪大娘上。

培琪　啊，斯兰德少爷！安，你爱他吧。咦，怎么！范顿大爷，
　　　　您到这儿来有什么事？我早就对您说过了，我的女儿已经
　　　　有了人家；您还是一趟一趟地到我家里来，这不是太不成
　　　　话了吗？

范顿　啊，培琪大爷，您别生气。

培琪大娘　范顿大爷，您以后别再来看我的女儿了。

温莎的风流娘儿们

培琪 她是不会嫁给您的。

范顿 培琪大爷，请您听我说。

培琪 不，范顿大爷，我不要听您说话。来，夏禄老爷；来，斯兰德贤婿，咱们进去吧。范顿大爷，我不是没有跟您说明白，您实在太不讲理啦。（培琪、夏禄、斯兰德同下。）

桂嫂 向培琪大娘说去。

范顿 培琪大娘，我对于令嫒的一片至诚，天日可表，一切的阻碍、谴责和世俗的礼法，都不能使我灰心后退；我希望能够得到您的同意。

安 好妈妈，别让我跟那个傻瓜结婚。

培琪大娘 我是不愿让你嫁给他；我会替你找一个好一点的丈夫。

桂嫂 那就是我的主人卡厄斯大夫。

安 唉！要是叫我嫁给那个医生，我宁愿让你们把我活埋了！

培琪大娘 算了，别自寻烦恼啦。范顿大爷，我不愿帮您忙，也不愿跟您作梗，让我先去问问我的女儿，看她究竟对您有几分意思，慢慢地再说吧。现在我们失陪了，范顿大爷；她要是再不进去，她的父亲一定又要发脾气了。

范顿 再见，培琪大娘。再见，小安。（培琪大娘及安·培琪下。）

桂嫂 瞧，这都是我帮您的忙。我说，"您愿意把您的孩子随随便便嫁给一个傻瓜，一个医生吗？瞧范顿大爷多好！"这都是我帮您的忙。

范顿 谢谢你；这一个戒指，请你今天晚上送给我的亲爱的小安。这几个钱是赏给你的。

桂嫂 天老爷赐给您好福气！（范顿下）他的心肠真好，一个女人碰见这样好心肠的人，就是为他到火里水里去也甘心。

可是我倒希望我的主人娶到了安小姐；我也希望斯兰德少爷能够娶到她；天地良心，我也希望范顿大爷娶到她。我要替他们三个人同样出力，因为我已经答应过他们，说过的话总是要作准的；可是我要替范顿大爷特别出力。啊，两位奶奶还要叫我到福斯塔夫那儿去一趟呢，该死，我怎么还在这儿拉拉扯扯的！（下。）

第五场　嘉德饭店中一室

福斯塔夫及巴道夫上。

福斯塔夫　喂，巴道夫！

巴道夫　有，爵爷。

福斯塔夫　给我倒一碗酒来，放一块面包在里面。（巴道夫下）想不到我活到今天，却给人装在篓子里抬出去，像一车屠夫切下来的肉骨肉屑一样倒在泰晤士河里！好，要是我再上人家这样一次当，我一定把我的脑髓敲出来，涂上牛油丢给狗吃。这两个混账东西把我扔在河里，简直就像淹死一只瞎眼老母狗的一窠小狗一样，不当一回事。你们瞧我这样胖大的身体，就可以知道我沉下水里去，是比别人格外快的，即使河底深得像地狱一样，我也会一下子就沉下去，要不是水浅多沙，我早就淹死啦；我最怕的就是淹死，因为一个人淹死了尸体会发胀，像我这样的人要是发起胀来，那还成什么样子！不是要变成一堆死人山了吗？

巴道夫携酒重上。

巴道夫 爵爷，桂嫂要见您说话。

福斯塔夫 来，我一肚子都是泰晤士河里的水，冷得好像欲火上升的时候吞下了雪块一样，让我倒下些酒去把它温一温吧。叫她进来。

巴道夫 进来，妇人。

快嘴桂嫂上。

桂嫂 爵爷，您好？早安，爵爷！

福斯塔夫 把这些酒杯拿去了，再给我好好地煮一壶酒来。

巴道夫 要不要放鸡蛋？

福斯塔夫 什么也别放；我不要小母鸡下的蛋放在我的酒里。（巴道夫下）怎么？

桂嫂 呃，爵爷，福德娘子叫我来看看您。

福斯塔夫 别向我提起什么"福德"大娘啦！我"浮"在水面上"浮"够了；要不是她，我怎么会给人丢在河里，满满了一肚子的水。

桂嫂 嗳哟！那怎么怪得了她？那两个仆人把她气死了，谁想得到他们竟误会了她的意思。

福斯塔夫 我也是气死了，会去应一个傻女人的约。

桂嫂 爵爷，她为了这件事，心里说不出地难过呢；看见了她那种伤心的样子，谁都会心软的。她的丈夫今天一早就去打鸟去了，她请您在八点到九点之间，再到她家里去一次。我必须赶快把她的话向您交代清楚。您放心好了，这一回她一定会好好地补报您的。

福斯塔夫 好，你回去对她说，我一定来；叫她想一想哪一个男人不是朝三暮四，像我这样的男人，可是不容易找到的。

桂嫂　我一定这样对她说。

福斯塔夫　去说给她听吧。你说是在九点到十点之间吗？

桂嫂　八点到九点之间，爵爷。

福斯塔夫　好，你去吧，我一定来就是了。

桂嫂　再会了，爵爷。（下。）

福斯塔夫　白罗克到这时候还不来，倒有些奇怪；他寄信来叫我等在这儿不要出去的。我很喜欢他的钱。啊！他来啦。

　　　　　　福德上。

福德　您好，爵爷！

福斯塔夫　啊，白罗克大爷，您是来探问我到福德老婆那儿去的经过吗？

福德　我正是要来问您这件事。

福斯塔夫　白罗克大爷，我不愿对您撒谎，昨天我是按照她约定的时间到她家里去的。

福德　那么您进行得顺利不顺利呢？

福斯塔夫　不必说起，白罗克大爷。

福德　怎么？难道她又变卦了吗？

福斯塔夫　那倒不是，白罗克大爷，都是她的丈夫，那只贼头贼脑的死乌电，一天到晚见神见鬼地疑心他的妻子；我跟她抱也抱过了，嘴也亲过了，誓也发过了，一本喜剧刚刚念好引子，他就疯疯癫癫地带了一大批狐群狗党，气势汹汹地说是要到家里来捉奸。

福德　啊！那时候您正在屋子里吗？

福斯塔夫　那时候我正在屋子里。

福德　他没有把您搜到吗？

福斯塔夫　您听我说下去。总算我命中有救，来了一位培琪大娘，报告我们福德就要来了的消息；福德家的女人吓得毫无主意，只好听了她的计策，把我装进一只盛脏衣服的篓子里去。

福德　盛脏衣服的篓子！

福斯塔夫　正是一只盛脏衣服的篓子！把我跟那些脏衬衫、臭袜子、油腻的手巾，一股脑儿塞在一起；白罗克大爷，您想想这股气味叫人可受得了？

福德　您在那篓子里待多久？

福斯塔夫　别急，白罗克大爷，您听我说下去，就可以知道我为了您的缘故去勾引这个妇人，吃了多少苦。她们把我这样装进了篓子以后，就叫两个混蛋仆人把我当做一篓脏衣服，抬到洗衣服的那里去；他们刚把我抬上肩走到门口，就碰见他们的主人，那个醋天醋地的家伙，问他们这里面装的是什么东西；我怕这个疯子真的要搜起篓子来，吓得浑身乱抖，可是命运注定他要做一个忘八，居然他没有搜；好，于是他就到屋子里去搜查，我也就冒充着脏衣服出去啦。可是白罗克大爷，您听着，还有下文呢。我一共差不多死了三次：第一次，因为碰在这个吃醋的、带着一批喽啰的忘八羔子手里，把我吓得死去活来；第二次，我让他们把我塞在篓里，像一柄插在鞘子里的宝剑一样，头朝地，脚朝天，再用那些油腻得恶心的衣服把我闷起来，您想，像我这样胃口的人，本来就是像牛油一样遇到了热气会溶化的，不闷死总算是傲天之幸；到末了，脂油跟汗水把我煎得半熟以后，这两个混蛋仆人就把我像一个滚热的出笼包子似的，向泰晤士河里丢了下去，白罗克大爷，您想，我简直像一块给铁匠打得通红的马蹄铁，放下水里，连河水都嗞啦嗞啦地叫起来呢！

福德　爵爷，您为我受了这许多苦，我真是抱歉万分。这样看来，我的希望是永远达不到的了，您未必会再去一试吧？

福斯塔夫　白罗克大爷，别说他们把我扔在泰晤士河里，就是把我扔到火山洞里，我也不会就此把她放手的。她的男人今天早上打鸟去了，我已经又得到了她的信，约我八点到九点之间再去。

福德　现在八点钟已经过了，爵爷。

福斯塔夫　真的吗？那么我要去赴约了。您有空的时候再来吧，我一定会让您知道我进行得怎样；总而言之，她一定会到您手里的。再见，白罗克大爷，您一定可以得到她；白罗克大爷，您一定可以叫福德做一个大忘八。（下。）

福德　哼！嘿！这是一场梦景吗？我在做梦吗？我在睡觉吗？福德，醒来！醒来！你的最好的外衣上有了一个窟窿了，福德大爷！这就是娶了妻子的好处！这就是脏衣服篓子的用处！好，我要让他知道我究竟是什么人；我要现在就去把这奸夫捉住，他在我的家里，这回一定不让他逃走，他一定逃不了。也许魔鬼会帮助他躲起来，这回我一定要把无论什么希奇古怪的地方都一起搜到，连放小钱的钱袋、连胡椒瓶子都要倒出来看看，看他能躲到哪里去。忘八虽然已经做定了，可是我不能就此甘心呀，我要叫他们看看，忘八也不是好欺侮的。（下。）

温莎的风流娘儿们

第四幕

第一场 街道

培琪大娘、快嘴桂嫂及威廉上。

培琪大娘 你想他现在是不是已经在福德家了？

桂嫂 这时候他一定已经去了，或者就要去了。可是他因为给人扔在河里，很生气哩。福德大娘请您快点过去。

培琪大娘 等我把这孩子送上学，我就去。瞧，他的先生来了，今天大概又是放假。

爱文斯上。

培琪大娘 啊，休师傅！今天不上课吗？

爱文斯 不上课，斯兰德少爷放孩子们一天假。

桂嫂 真是个好人！

培琪大娘 休师傅，我的丈夫说，我这孩子一点儿也念不进书；

请你出几个拉丁文文法题目考考他吧。

爱文斯　走过来，威廉；把头抬起来；来吧。

培琪大娘　喂，走过去；把头抬起来，回答老师的问题，别害怕。

爱文斯　威廉，名词有几个"数"？

威廉　两个①。

桂嫂　说真的，恐怕还得加上一个"数"，不是老听人家说："算数！"

爱文斯　少噜苏！"美"是怎么说的，威廉？

威廉　"标致"。

桂嫂　婊子！比"婊子"更美的东西还有的是呢。

爱文斯　你真是个头脑简单的女人，闭上你的嘴吧。"lapis"解释什么，威廉？

威廉　石子。

爱文斯　"石子"又解释什么，威廉？

威廉　岩石。

爱文斯　不，是"Lapis"；请你把这个记住。

威廉　Lapis。

爱文斯　真是个好孩子。威廉，"冠词"是从什么地方借来的？

威廉　"冠词"是从"代名词"借来的，有这样几个变格——"单数""主格"是：hic，haec，hoc。

爱文斯　"主格"：hig，hag，hog；②请你听好——"所有格"：hujus。好吧，"对格"你怎么说？

威廉　"对格"：hinc。

爱文斯　请你记住了，孩子；"对格"：hung，hang，hog。③

---

①即"少数"和"多数"。

②③休牧师是威尔士人，发音重浊，把"c"念成"g"。

温莎的风流娘儿们

桂嫂　"hang　hog"就是拉丁文里的"火腿"，我跟你说，错不了。①

爱文斯　少来唠叨，你这女人。"称呼格"是怎么变的，威廉？

威廉　噢——"称呼格"，噢——

爱文斯　记住，威廉；"称呼格"曰"无"。②

桂嫂　"胡"萝卜的根才好吃呢。

爱文斯　你这女人，少开口。

培琪大娘　少说话！

爱文斯　最后的"复数属格"该怎么说，威廉？

威廉　复数属格！

爱文斯　对。

威廉　属格——horum, harum, horum。

桂嫂　珍妮的人格！她是个婊子，孩子，别提她的名字。

爱文斯　你这女人，太不知羞耻了！

桂嫂　你教孩子念这样一些字眼儿才太邪门儿了——教孩子念"嫖呀""喝呀"，他们没有人教，一眨巴眼也就学会吃喝嫖赌了——什么"嫖呀""喝呀"，亏你说得出口！

爱文斯　女人，你可是个疯婆娘？你一点儿不懂得你的"格"，你的"数"，你的"性"吗？天下哪儿去找像你这样的蠢女人。

---

①火腿要挂起来风干；"hang hog"在英语中听来像"挂猪肉"，所以桂嫂猜想是"火腿"。

②拉丁文指示代名词共有五格，而无"称呼格"；所以休牧师用拉丁文提醒威廉："曰'无'"。拉丁文"无"（caret）近似英语中的"胡萝卜"（carrot），因此又引起桂嫂的一番播话。

培琪大娘　请你少说话吧。

爱文斯　威廉，说给我听，代名词的几种变格。

威廉　嗳哟，我忘了。

爱文斯　那是 qui，quæ，quod；要是你把你的 quis 忘了，quæs 忘了，quods 忘了，小心你的屁股吧。现在去玩儿吧，去吧。

培琪大娘　我怕他不肯用功读书，他倒还算好。

爱文斯　他记性好，一下子就记住了。再见，培琪大娘。

培琪大娘　再见，休师傅。（休师傅下）孩子，你先回家去。来，我们已经耽搁得太久了。（同下。）

第二场　福德家中一室

　　　　福斯塔夫及福德大娘上。

福斯塔夫　娘子，你的懊恼已经使我忘记了我身受的种种痛苦。你既然这样一片真心对待我，我也决不会有丝毫亏负你；我不仅要跟你恩爱一番，还一定会加意奉承，格外讨好，管保叫你心满意足就是了。可是你相信你的丈夫这回一定不会再来了吗？

福德大娘　好爵爷，他打鸟去了，一定不会早回来的。

培琪大娘　（在内）喂！福德嫂子！喂！

福德大娘　爵爷，您进去一下。（福斯塔夫下。）

　　　　培琪大娘上。

培琪大娘　啊，心肝！你屋子里还有什么人吗？

福德大娘　没有，就是自己家里几个人。

培琪大娘　真的吗？

福德大娘　真的。（向培琪大娘旁白）大声一点说。

培琪大娘　真的没有什么人，那我就放心啦。

福德大娘　为什么？

培琪大娘　为什么，我的奶奶，你那汉子的老毛病又发作啦。他正在那儿拉着我的丈夫，痛骂那些有妻子的男人，不分青红皂白地咒骂着天下所有的女人，还把拳头捏紧了敲着自己的额角，嚷道："快把绿帽子戴上吧，快把绿帽子戴上吧！"无论什么疯子狂人，比起他这种疯狂的样子来，都会变成顶文雅顶安静的人了。那个胖骑士不在这儿，真是运气！

福德大娘　怎么，他又说起他吗？

培琪大娘　不说起他还说起谁？他发誓说上次他来搜他的时候，他是给装在篓子里抬出去的；他一口咬定说他现在就在这儿，一定要叫我的丈夫和同去的那班人停止了打鸟，陪着他再来试验一次他疑心得对不对。我真高兴那骑士不在这儿，这回他该明白他自己的傻气了。

福德大娘　培琪嫂子，他离开这儿有多远？

培琪大娘　只有一点点路，就在街的尽头，一会儿就来了。

福德大娘　完了！那骑士正在这儿呢。

培琪大娘　那么你的脸要丢尽，他的命也保不住啦。你真是个宝货！快打发他走吧！快打发他走吧！丢脸还是小事，弄出人命案子来可不是玩的。

福德大娘　叫他到哪儿去呢？我怎样把他送出去呢？还是把他装在篓子里吗？

福斯塔夫重上。

福斯塔夫　不，我再也不躲在篓子里了。还是让我趁他没有来，赶快出去吧。

培琪大娘　唉！福德的三个弟兄手里拿着枪，把守着门口，什么人都不让出去；否则您倒可以溜出去的。可是您干吗又到这儿来呢？

福斯塔夫　那么我怎么办呢？还是让我钻到烟囱里去吧。

福德大娘　他们平常打鸟回来，鸟枪里剩下的子弹都是往烟囱里放的。

培琪大娘　还是灶洞里倒可以躲一躲。

福斯塔夫　在什么地方？

福德大娘　他一定会找到那个地方的。他已经把所有的柜啦、橱啦、板箱啦、废箱啦、铁箱啦、井啦、地窖啦，以及诸如此类的地方，一起记在笔记簿上，只要照着单子一处处搜寻，总会把您搜到的。

福斯塔夫　那么我还是出去。

培琪大娘　爵爷，您要是就照您的本来面目跑出去，那您休想活命。除非化装一下——

福德大娘　我们把他怎样化装起来呢？

培琪大娘　唉！我不知道。哪里找得到一身像他那样身材的女人衣服？否则叫他戴上一顶帽子，披上一条围巾，头上罩一块布，也可以混了出去。

福斯塔夫　好心肝，乖心肝，替我想想法子。只要安全无事，什么丢脸的事我都愿意干。

福德大娘　我家女用人的姑母，就是那个住在勃伦府的胖婆子，倒有一件罩衫在这儿楼上。

培琪大娘 对了，那正好给他穿，她的身材是跟他一样大的；而且她的那顶粗呢帽和围巾也在这儿。爵爷，您快奔上去吧。

福德大娘 去，去，好爵爷；让我跟培琪嫂子再给您找一方包头的布儿。

培琪大娘 快点，快点！我们马上就来给您打扮，您先把那罩衫穿上再说。（福斯塔夫下。）

福德大娘 我希望我那汉子能够瞧见他扮成这个样子；他一见这个勃伦府的老婆子就眼中冒火，他说她是个妖妇，不许她走进我们家里，说是一看见她就要打她。

培琪大娘 但愿上天有眼，让他尝一尝你丈夫的棍棒的滋味！但愿那棍棒落在他身上的时候，有魔鬼附在你丈夫的手里！

福德大娘 可是我那汉子真的就要来了吗？

培琪大娘 真的，他直奔而来；他还在说起那婆子呢，也不知道他哪里得来的消息。

福德大娘 让我们再试他一下。我仍旧去叫我的仆人把那篓子抬到门口，让他看见，就像上一次一样。

培琪大娘 可是他立刻就要来啦，还是先去把他装扮做那个勃伦府的巫婆吧。

福德大娘 我先去吩咐我的仆人，叫他们把篓子预备好了。你先上去，我马上就把他的包头布带上来。（下。）

培琪大娘 该死的狗东西！这种人就是作弄他一千次也不算罪过。

不要看我们一味胡闹，

这蠢猪是他自取其殃；

我们要告诉世人知道，

风流娘们不一定轻狂。（下。）

福德大娘率二仆重上。

福德大娘 你们再把那篓子抬出去；大爷快要到门口了，他要是叫你们放下来，你们就听他的话放下来。快点，马上就去。（下。）

仆甲 来，来，把它抬起来。

仆乙 但愿这篓子里不要再装满了爵士才好。

仆甲 我也希望不再像前次一样；抬一篓的铅都没有那么重哩。

福德、培琪、夏禄、卡厄斯及爱文斯同上。

福德 不错，培琪大爷，可是要是真有这回事，您还有法子替我洗去污名吗？狗才，把这篓子放下来；又有人来拜访过我的妻子了。把年轻的男人装在篓子里抬进抬出！你们这两个混账的家伙也不是好东西！你们都是串通了一气来算计我的。现在这个鬼可要叫他出丑了。喂，我的太太，你出来！瞧瞧你给他们洗些什么好衣服！

培琪 这真太过分了！福德大爷，您要是再这样疯下去，我们真要把您铐起来了，免得闹出什么乱子来。

爱文斯 嗳哟，这简直是发疯！像疯狗一样发疯！

夏禄 真的，福德大爷，这真有点儿不大好。

福德 我也是这样说哩。——

福德大娘重上。

福德 过来，福德大娘，咱们这位贞洁的妇人，端庄的妻子，贤德的人儿，可惜嫁给了一个爱吃醋的傻瓜！娘子，是我无缘无故瞎起疑心吗？

福德大娘　天日为证，你要是疑心我有什么不规矩的行为，那你的确太会多心了。

福德　说得好，不要脸的东西！你尽管嘴硬吧。过来，狗才！

　　　　（翻出篓中衣服。）

培琪　这真太过分了！

福德大娘　你好意思吗？别去翻那衣服了。

福德　我就会把你的秘密揭穿的。

爱文斯　这简直是岂有此理。还不把你妻子的衣服拿起来吗？去吧，去吧。

福德　把这篓子倒空了！

福德大娘　为什么呀，傻子，为什么呀？

福德　培琪大爷，不瞒您说，昨天就有一个人装在这篓子里从我的家里抬出去，谁知道今天他不会仍旧在这里面？我相信他一定在我家里，我的消息是绝对可靠的，我的疑心是完全有根据的。给我把这些衣服一起拿出来。

福德大娘　你要是在这里面找出一个男人来，就把他当个虱子掐死好了。

培琪　没有什么人在这里面。

夏禄　福德大爷，这真太不成话了，真太不成话了。

爱文斯　福德大爷，您应该常常祷告，不要随着自己的心一味胡思乱想；吃醋也没有这样吃法。

福德　好，他没有躲在这里面。

培琪　除了在您自己脑子里以外，您根本就找不到这样一个人。

　　　　（二仆将篓抬下。）

福德　帮我再把我的屋子搜一回，要是再找不到我所要找的人，你们尽管把我嘲笑得体无完肤好了；让我永远做你们餐席上谈笑的资料，要是人家提起吃醋的男人来，就把我当做一个现成的例子，因为我会在一枚空的核桃壳里找寻妻子的情人。请你们再帮我这一次忙，替我搜一下，好让我死了心。

福德大娘　喂，培琪嫂子！您陪着那位老太太下来吧；我的丈夫要上楼来了。

福德　老太太！哪里来的老太太？

福德大娘　就是我家女仆的姑妈，住在勃伦府的那个老婆子。

福德　哼，这妖妇，这贼老婆子！我不是不许她走进我的屋子里吗？她又是给什么人带信来的，是不是？我们都是头脑简单的人，不懂得求神问卜这些玩意儿；什么画符、念咒、起课这一类鬼把戏，我们全不懂得。快给我滚下来，你这妖妇，鬼老太婆！滚下来！

福德大娘　不，我的好大爷！列位大爷，别让他打这可怜的老婆子。

培琪大娘偕福斯塔夫女装重上。

培琪大娘　来，普拉老婆婆；来，搀着我的手。

福德　我要"泼辣辣"地揍她一顿呢。——（打福斯塔夫）滚出去，你这妖妇，你这贱货，你这臭猫，你这鬼老太婆！滚出去！滚出去！我要请你去见神见鬼呢，我要给你算算命呢。（福斯塔夫下。）

培琪大娘　你羞不羞？这可怜的老妇人差不多给你打死了。

福德大娘　欺负一个苦老太婆，真有你的！

福德　该死的妖妇！

爱文斯　我想这妇人的确是一个妖妇；我不喜欢长胡须的女人，我看见她的围巾下面露出几根胡须呢。

福德　列位，请你们跟我来好不好？看看我究竟是不是瞎起疑心。要是我完全无理取闹，请你们以后再不要相信我的话。

培琪　咱们就再顺顺他的意思吧。各位，大家都来。（福德、培琪、夏禄、卡厄斯、爱文斯同下。）

培琪大娘　他把他打得真可怜。

福德大娘　这一顿打才打得痛快呢。

培琪大娘　我想把那棒儿放在祭坛上供奉起来，它今天立下了很大的功劳。

福德大娘　我倒有一个意思，不知道你以为怎样？我们横竖名节无亏，问心无愧，索性一不做，二不休，再把他作弄一番好不好？

培琪大娘　他吃过了这两次苦头，一定把他的色胆都吓破了；除非魔鬼盘据在他心里，大概他不会再来冒犯我们了。

福德大娘　我们要不要把我们怎样作弄他的情形告诉我们的丈夫知道？

培琪大娘　很好，这样也可以点破你那汉子的疑心。要是他们认为这个荒唐的胖爵士还有应加惩处的必要，那么仍旧可以委托我们全权办理的。

福德大娘　我想他们一定要让他当着众人出一次丑；我们这一个笑话也一定要这样才可以告一段落。

培琪大娘　好，那么我们就去商量办法吧；我的脾气是想到就做，不让事情耽搁下去的。（同下。）

第三场　嘉德饭店中一室

店主及巴道夫上。

巴道夫　老板，那几个德国人要问您借三匹马；公爵明天要上朝来了，他们要去迎接他。

店主　什么公爵来得这样秘密？我不曾在宫廷里听见人家说起。让我去跟那几个客人谈谈。他们会说英国话吗？

巴道夫　会说的，老板；我去叫他们来。

店主　马可以借给他们，可是我不能让他们白骑，世上没有这样便宜的事情。他们已经住了我的房子一个星期了，我已经为了他们回绝了多少别的客人；我可不能跟他们客气，这笔损失是一定要叫他们赔偿的。来。（同下。）

第四场　福德家中一室

培琪、福德、培琪大娘、福德大娘及爱文斯上。

爱文斯　女人家有这样的心思，难得难得！

培琪　他是同时寄信给你们两个人的吗？

培琪大娘　我们在一刻钟内同时接到。

福德　娘子，请你原谅我。从此以后，我一切听任你；我宁愿疑心太阳失去了热力，不愿疑心你有不贞的行为。你已经使一个对于你的贤德缺少信心的人，变成你的一个忠实的信徒了。

培琪 好了，好了，别说下去了。太冒冒失失固然不好，太服服帖帖可也不对。我们还是来商量计策吧；让我们的妻子为了给大家解解闷，再跟这个胖老头子约好一个时间，到了那时候，我们就去捉住他，把他羞辱一顿。

福德 她们刚才说起的那个办法，再好没有了。

培琪 怎么？约他在半夜里到林苑里去相会吗？嘿！他再也不会来的。

爱文斯 你们说他已经给丢在河里，还给人当做一个老婆子痛打了一顿，我想他一定吓怕了，不会再来了；他的肉体已经受到责罚，他一定不敢再起欲念了。

培琪 我也这样想。

福德大娘 你们只要商量商量等他来了怎样对付他，我们两人自会想法子叫他来的。

培琪大娘 有一个古老的传说，说是曾经在这儿温莎地方做过管林子的猎夫赫恩，鬼魂常常在冬天的深夜里出现，绕着一株橡树兜圈子，头上还长着又粗又大的角，手里摇着一串链子，发出怕人的声音；他一出来，树木就要枯黄，牲畜就要害病，乳牛的乳汁会变成血液。这一个传说从前代那些迷信的人们嘴里流传下来，就好像真有这回事一样，你们各位也都听见过的。

培琪 是呀，有许多人不敢在深夜里经过这株赫恩的橡树呢。可是你为什么要提起它呢？

福德大娘 这就是我们的计策：我们要叫福斯塔夫头上装了两只大角，扮做赫恩的样子，在那橡树的旁边等着我们。

培琪 好，就算他听着你们这样打扮着来了，你们预备把他怎样呢？你有什么妙计呢？

培琪大娘　那我们也已经想好了：我们先叫我的女儿安和我的小
儿子，还有三四个跟他们差不多大的孩子，大家打扮成一
队精灵的样子，穿着绿色的和白色的衣服，各人头上顶着
一圈蜡烛，手里拿着响铃，埋伏在树旁的土坑里；等福斯
塔夫跟我们相会的时候，他们就一拥而出，嘴里唱着各色
各样的歌儿；我们一看见他们出来，就假装吃惊逃走了，
然后让他们把他团团围住，把这龌龊的爵士你拧一把，我
刺一下，还要质问他为什么在这仙人们游戏的时候，胆敢
装扮做那种秽恶的形状，闯进神圣的地方来。

福德大娘　这些假扮的精灵们要把他拧得遍体鳞伤，还用蜡烛烫
他的皮肤，直等他招认一切为止。

培琪大娘　等他招认以后，我们大家就一起出来，捽下他的角，
把他一路取笑着回家。

福德　孩子们倒要叫他们练习得熟一点，否则会露出破绽来的。

爱文斯　我可以教这些孩子们怎样做；我自己也要扮做一个猴崽
子，用蜡烛去烫这爵士哩。

福德　那好极啦。我去替他们买些面具来。

培琪大娘　我的小安要扮做一个仙后，穿着很漂亮的白袍子。

培琪　我去买缎子来给她做衣服。（旁白）到了那个时候，我可以
叫斯兰德把安偷走，到伊登去跟她结婚。——你们马上就
派人到福斯塔夫那里去吧。

福德　不，我还要用白罗克的名字去见他一次，他会把什么话都
告诉我。他一定会来的。

培琪大娘　不怕他不来。我们这些精灵们的一切应用的东西和饰

温莎的风流娘儿们

物，也该赶快预备起来了。

爱文斯　我们就去办起来吧；这是个很好玩的玩意儿，而且也是光明正大的恶作剧。（培琪、福德、爱文斯同下。）

培琪大娘　福德嫂子，你就去找桂嫂，叫她到福斯塔夫那里去，探探他的意思。（福德大娘下）我现在要到卡厄斯大夫那里去，他是我看中的人，除了他谁也不能娶我的小安。那个斯兰德虽然有家私，却是一个呆子，我的丈夫偏偏喜欢他。这医生又有钱，他的朋友在宫廷里又有势力，只有他才配做她的丈夫，即使有二万个更了不得的人来向她求婚，我也不给他们。（下。）

第五场　嘉德饭店中一室

店主及辛普儿上。

店主　你要干吗，乡下佬，蠢东西？说吧，讲吧，干干脆脆的。

辛普儿　呃，老板，我是斯兰德少爷叫我来跟约翰·福斯塔夫爵士说话的。

店主　那边就是他的房间、他的公馆、他的床铺，你瞧门上新画着浪子回家故事的就是。只要你去敲敲门，喊他一声，他就会跟你胡说八道。去敲他的门吧。

辛普儿　刚才有一个胖大的老妇人跑进他的房间里去，请您让我在这儿等她下来吧；我本来是要跟她说话的。

店主　哈！一个胖女人！也许是来偷东西的，让我叫他一声。喂，骑士！好爵爷！你在房间里吗？使劲回答我，你的店主东——你的老朋友在叫你哪。

福斯塔夫 （在上）什么事，老板？

店主 这儿有一个流浪的鞑靼人等着你的胖婆娘下来。叫她下来，好家伙，叫她下来；我的屋子是干干净净的，不能让你们干那些鬼鬼祟祟的勾当。哼，不要脸！

福斯塔夫上。

福斯塔夫 老板，刚才是有一个胖老婆子在我这儿，可是现在她已经走了。

辛普儿 请问一声，爵爷，她就是勃伦府那个算命的女人吗？

福斯塔夫 对啦，螺蛳精；你问她干吗？

辛普儿 爵爷，我家主人斯兰德少爷因为瞧见她在街上走过，所以叫我来问问她，他有一串链子给一个叫做尼姆的骗去了，不知道那链子还在不在那尼姆的手里。

福斯塔夫 我已经跟那老婆子讲起过这件事了。

辛普儿 请问爵爷，她怎么说呢？

福斯塔夫 呃，她说，那个从斯兰德手里把那链子骗去的人，就是偷他链子的人。

辛普儿 我希望我能够当面跟她谈谈；我家少爷还叫我问她别的事情哩。

福斯塔夫 什么事情？说出来听听看。

店主 对了，快说。

辛普儿 爵爷，我家少爷吩咐我要保守秘密呢。

店主 你要是不说出来，就叫你死。

辛普儿 啊，实在没有什么事情，不过是关于培琪家小姐的事情，我家少爷叫我来问问看，他命里能不能娶她做妻子。

福斯塔夫 那可要看他的命运怎样了。

辛普儿 您怎么说？

福斯塔夫 娶得到是他的命，娶不到也是他的命。你回去告诉主人，就说那老妇人这样对我说的。

辛普儿 我可以这样告诉他吗？

福斯塔夫 是的，乡下佬，你尽管这样说好了。

辛普儿 多谢爵爷；我家少爷听见了这样的消息，一定会十分高兴的。（下。）

店主 你真聪明，爵爷，你真聪明。真有一个算命的婆子在你房间里吗？

福斯塔夫 是的，老板，她刚才还在我这儿；她教给我许多我一生从来没有学过的智慧，我不但没有花半个钱的学费，而且她反倒给我酬劳呢。

　　　　　　巴道夫上。

巴道夫 嗳哟，老板，不好了！又是骗子，尽是些骗子！

店主 我的马呢？蠢奴才，好好地对我说。

巴道夫 都跟着那些骗子们跑掉啦；一过了伊登，他们就把我从马上推下来，把我丢在一个烂泥潭里，他们就像三个德国鬼子似的，策马加鞭，飞也似的去了。

店主 狗才，他们是去迎接公爵去的。别说他们逃走，德国人都是规规矩矩的。

　　　　　　爱文斯上。

爱文斯 老板在哪儿？

店主 师傅，什么事？

爱文斯 留心你的客人。我有一个朋友到城里来，他告诉我有三个德国骗子，一路上骗人家的马匹金钱；里亭、梅登海、科白路，各家旅店都上了他们的当。我是一片好心来通知你，你当心些吧；你是个很乖巧的人，专爱开人家的玩笑，要是你也被人家骗了，那未免太笑话啦。再见。（下。）

卡厄斯上。

卡厄斯 店主东呢？

店主 卡厄斯大夫，我正在这儿心乱如麻呢。

卡厄斯 我不懂你的意思；可是人家告诉我，你正在准备着隆重地招待一个德国的公爵，可是我不骗你，我在宫廷里就不知道有什么公爵要来。我是一片好心来通知你。再见。（下。）

店主 狗才，快去喊人去捉贼！骑士，帮帮我忙，我这回可完了！狗才，快跑，捉贼！完了！完了！（店主及巴道夫下。）

福斯塔夫 我但愿全世界的人都受骗，因为我自己也受了骗，而且还挨了打。要是宫廷里的人听见了我怎样一次次的化身，给人当衣服洗，用棍子打，他们一定会把我身上的油一滴一滴溶下来，去擦渔夫的靴子；他们一定会用俏皮话把我挖苦得像一只干瘪的梨一样丧气。自从那一次赖了赌债以后，我一直交着坏运。好，要是我在临终以前还来得及念祷告，我一定要忏悔。

快嘴桂嫂上。

福斯塔夫 啊，又是谁叫你来的？

桂嫂 除了那两个人还有谁？

福斯塔夫 让魔鬼跟他的老娘把那两个人抓了去吧！趁早把她们这样打发了吧。我已经为了她们吃过多少苦，男人本来是容易变心的，谁受得了这样的欺负！

桂嫂　您以为她们没有吃苦吗？说来才叫人伤心哪，尤其是那位福德娘子，天可怜见的，给她的汉子打得身上一块青一块黑的，简直找不出一处白净的地方。

福斯塔夫　什么一块青一块黑的，我自己给他打得五颜六色，浑身挂彩呢；我还差一点给他们当做勃伦府的妖妇抓了去。要不是我急中生智，把一个老太婆的举动装扮得活龙活现，我早已给混蛋官差们锁上脚镣，办我一个妖言惑众的罪名了。

桂嫂　爵爷，让我到您房间里去跟您说话，您就会明白一切，而且包在我身上，一定会叫您满意的。这儿有一封信，您看了就知道了。天哪！把你们拉拢在一起，真麻烦死了！你们中间一定有谁得罪了天，所以才这样颠颠倒倒的。

福斯塔夫　那么你跟我上楼，到我的房间里来吧。（同下）

第六场　嘉德饭店中另一室

范顿及店主上。

店主　范顿大爷，别跟我说话，我一肚子都是闷气，我想索性这桩生意也不做了。

范顿　可是你听我说。我要你帮我做一件事，事成之后，我不但赔偿你的全部损失，而且还愿意送给你黄金百镑，作为酬谢。

店主　好，范顿大爷，您说吧。我不知道我能不能帮您的忙，可是至少我不会泄漏秘密。

范顿 我曾经屡次告诉你我对于培琪家安小姐的深切的爱情；她对我也已经表示默许了，要是她自己作得了主，我一定可以如愿以偿的。刚才我收到了她一封信，信里所说起的事情，你要是知道了，一定会拍手称奇；原来她给我出了个好主意，而这主意又是跟一个笑料分不开的，要说到我们的事儿，就得提到那个笑料，要给你讲那个笑料，就得说一说我们的事儿。那胖骑士福斯塔夫不免要给他们捉弄，受一番惊吓了；究竟要开什么玩笑，我一五一十都跟你说了吧。（指信）听着，我的好老板，今夜十二点钟到一点钟之间，在赫恩橡树的近旁，我的亲爱的小安要扮成仙后的样子，为什么要这样打扮，这儿写得很明白。她父亲叫她趁着大家开玩笑开得乱哄哄的时候，就穿着这身服装，跟斯兰德悄悄地溜到伊登去结婚，她已经答应他了。可是她母亲竭力反对她嫁给斯兰德，决意把她嫁给卡厄斯，她也已经约好那个医生，叫他也趁着人家忙得不留心的时候，用同样的方式把她带到教长家里去，请一个牧师替他们立刻成婚；她对于她母亲的这个计策，也已经假装服从的样子，答应了那医生了。他们的计划是这样的：她的父亲要她全身穿着白的衣服，以便认识，斯兰德看准了时机，就搀着她的手，叫她跟着走，她就跟着他走；她的母亲为了让那医生容易辨认起见，——因为他们大家都是戴着面具的——却叫她穿着宽大的浅绿色的袍子，头上系着飘扬的丝带，那医生一看有了下手的机会，便上去把她的手捏一把，这一个暗号便是叫她跟着他走的。

店主 她预备欺骗她的父亲呢，还是欺骗她的母亲？

范顿 我的好老板，她要把他们两人一起骗了，跟我一块儿溜走。所以我要请你费心去替我找一个牧师，十二点钟到一点钟之间在教堂里等着我，为我们举行正式的婚礼。

店主 好，您去实行您的计划吧，我一定给您找牧师去。只要把那位姑娘带来，牧师是不成问题的。

范顿 多谢多谢，我一定永远记住你的恩德，而且我马上就会报答你的。（同下。）

第五幕

第一场　嘉德饭店中一室

福斯塔夫及快嘴桂嫂上。

福斯塔夫　请你别再噜里噜苏了，去吧，我一定不失约就是了。
这已经是第三次啦，我希望单数是吉利的。去吧，去吧！
人家说单数是用来占卜生、死、机缘的。去吧！

桂嫂　我去给您弄一根链子来，再去设法找一对角来。

福斯塔夫　好，去吧；别耽搁时间了。抬起你的头来，扭扭屁股
走吧。（桂嫂下。）

福德上。

福斯塔夫　啊，白罗克大爷！白罗克大爷，事情成功不成功，今
天晚上就可以知道。请您在半夜时候，到赫恩橡树那儿去，
就可以看见新鲜的事儿。

189

福德　您昨天不是对我说过，要到她那儿去赴约吗？

福斯塔夫　白罗克大爷，我昨天到她家里去的时候，正像您现在看见我一样，是个可怜的老头儿；可是白罗克大爷，我从她家里出来的时候，却变成一个苦命的老婆子了。白罗克大爷，她的丈夫，福德那个混蛋，简直是个疯狂的吃醋鬼投胎。他欺我是个女人，把我没头没脑一顿打；可是，白罗克大爷，要是我穿着男人的衣服，别说他是个福德，就算他是个身长丈二的天神，拿着一根千斤重的梁柱向我打来，我也不怕他。我现在还有要事，请您跟我一路走吧，白罗克大爷，我可以把一切的事情完全告诉您。自从我小时候偷鹅、赖学、抽陀螺挨打以后，直到现在才重新尝到挨打的滋味。跟我来，我要告诉您关于这个叫做福德的混蛋的古怪事儿；今天晚上我就可以向他报复，我一定会把他的妻子送到您的手里。跟我来。白罗克大爷，您就有新鲜事儿看了！跟我来。（同下。）

第二场　温莎林苑

培琪、夏禄及斯兰德上。

培琪　来，来，咱们就躲在这座古堡的壕沟里，等我们那班精灵们的火光出现以后再出来。斯兰德贤婿，记着我的女儿。

斯兰德　好，一定记着；我已经跟她当面谈过，约好了用什么口号互相通知。我看见她穿着白衣服，就上去对她说"嗨"，她就回答我"不见得"，这样我们就不会认错啦。

夏禄　那也好，可是何必嚷什么"嗨"哩，什么"不见得"哩，你只要看定了穿白衣服的人就行啦。钟已经敲十点了。

培琪　天乌沉沉的，精灵和火光在这时候出现，再好没有了。愿上天保佑我们的游戏成功！除了魔鬼以外，谁都没有恶意；我们只要看谁的头上有角，就知道他是魔鬼。去吧，大家跟我来。（同下。）

第三场　　温莎街道

培琪大娘、福德大娘及卡厄斯上。

培琪大娘　大夫，我的女儿是穿绿的；您看时机一到，便过去搀她的手，带她到教长家里去，赶快把事情办了。现在您一个人先到林苑里去，我们两个人是要一块儿去的。

卡厄斯　我知道我应当怎么办。再见。

培琪大娘　再见，大夫。（卡厄斯下）我的丈夫把福斯塔夫羞辱过了以后，知道这医生已经跟我的女儿结婚，一定会把一场高兴，化作满腔怒火的；可是管他呢，与其让他害得我将来心碎，宁可眼前挨他一顿臭骂。

福德大娘　小安和她的一队精灵现在在什么地方？还有那个威尔士鬼子休牧师呢？

培琪大娘　他们都把灯遮得暗暗的，躲在赫恩橡树近旁的一个土坑里；一等到福斯塔夫跟我们会见的时候，他们就立刻在黑夜里出现。

福德大娘　那一定会叫他大吃一惊的。

培琪大娘　要是吓不倒他，我们也要把他讥笑一番；要是他果然吓倒了，我们还是要讥笑他的。

福德大娘　咱们这回不怕他不上圈套。

培琪大娘　像他这种淫棍，欺骗他、教训他也是好事。

福德大娘　时间快到啦，到橡树底下去，到橡树底下去！（同下。）

第四场　温莎林苑

爱文斯化装率扮演精灵的一群上。

爱文斯　跑，跑，精灵们，来；别忘了你们各人的词句。大家放大胆子，跟我跑下这土坑里，等我一发号令，就照我吩咐你们的做起来。来，来；跑，跑。（同下。）

第五场　林苑中的另一部分

福斯塔夫顶公鹿头扮赫恩上。

福斯塔夫　温莎的钟已经敲了十二点，时间快到了。好色的天神们，照顾照顾我吧！记着，乔武大神，你曾经为了你的情人欧罗巴①的缘故，化身做一头公牛，爱情使你头上生角。强力的爱啊！它会使畜生变成人类，也会使人类变成畜生。

---

　　①欧罗巴（Europa），希腊罗马神话中的美女，为天神乔武所爱，乔武化为公牛载之而去。

而且，乔武大神，你为了你心爱的勒达①，还化身做过一只天鹅呢。万能的爱啊！你差一点儿把天神的尊容变得像一只蠢鹅！这真是罪过哪：首先不该变成一头畜生——啊，老天，这罪可没有一点人气味！接着又不该变做了一头野禽——想想吧，老天，这可真是禽兽一般的罪过！既然天神们也都这样贪淫，我们可怜的凡人又有什么办法呢？至于讲到我，那么我是这儿温莎地方的一匹公鹿；在这树林子里，也可以算得上顶胖的了。天神，让我过一个凉快的交配期吧，否则谁能责备我不该排泄些脂肪呢。——谁来啦？我的母鹿吗？

　　　　　　　福德大娘及培琪大娘上。

福德大娘　爵爷，你在这儿吗，我的公鹿？我的亲爱的公鹿？

福斯塔夫　我的黑尾巴的母鹿！让天上落下马铃薯般大的雨点来吧，让它配着淫曲儿的调子响起雷来吧，让糖梅子、春情草像冰雹雪花般落下来吧，只要让我躲在你的怀里，什么泼辣的大风大雨我都不怕。（*拥抱福德大娘。*）

福德大娘　培琪嫂子也跟我一起来了呢，好人儿。

福斯塔夫　那么你们把我当作偷来的公鹿一般切开来，各人分一条大腿去，留下两块肋条肉给我自己，肩膀肉赏给那看园子的，还有这两只角，送给你们的丈夫做个纪念品吧。哈哈！你们瞧我像不像猎人赫恩？丘匹德是个有良心的孩子，现在他让我尝到甜头了。我用鬼魂的名义欢迎你们！

_____

　　①勒达（Leda），希腊罗马神话中斯巴达王后，天神乔武化为天鹅将她占有。

（内喧声。）

培琪大娘 嗳哟！什么声音？

福德大娘 天老爷饶恕我们的罪过吧！

福斯塔夫 又是什么事情？

福德大娘、培琪大娘 快逃！快逃！（二人奔下。）

福斯塔夫 我想多半是魔鬼不愿意让我下地狱，因为我身上的油
  太多啦，恐怕在地狱里惹起一场大火来，否则他不会这样
  一次一次地跟我捣蛋。

> 爱文斯乔装山羊神萨特[①]，毕斯托尔扮小妖，安·培
> 琪扮仙后，威廉及若干儿童各扮精灵侍从，头插小蜡烛，
> 同上。

安 黑的，灰的，绿的，白的精灵们，
  月光下的狂欢者，黑夜里的幽魂，
  你们是没有父母的造化的儿女，
  不要忘记了你们各人的职务。
  传令的小妖，替我向众精灵宣告。

毕斯托尔 众精灵，静听召唤，不许喧吵！
  蟋蟀儿，你去跳进人家的烟囱，
  看他们炉里的灰屑有没有扫空；
  我们的仙后最恨贪懒的婢子，
  看见了就把她拧得浑身青紫。

福斯塔夫 他们都是些精灵，谁要是跟他们说话，就不得活命；
  让我闭上眼睛趴下来吧，神仙们的事情是不许凡人窥看的。

[①]萨特（Satyr），希腊罗马神话中人身马尾、遨游山林的怪物。

（俯伏地上。）

爱文斯 比德在哪里？你去看有谁家的姑娘，

念了三遍祈祷方才睡上眠床，

你就悄悄地替她把妄想收束，

让她睡得像婴儿一样甜熟；

谁要是临睡前不思量自己的过错，

你要叫他们腰麻背疼，手脚酸楚。

安 去，去，小精灵！

把温莎古堡内外搜寻：

每一间神圣的华堂散播着幸运，

让它巍然卓立，永无毁损，

祝福它宅基巩固，门户长新，

辉煌的大厦恰称着贤德的主人！

每一个尊严的宝座用心扫洗，

洒满了祓邪垢的鲜花香水，

祝福那文楹绣瓦，画栋雕梁，

千秋万岁永远照耀着荣光！

每夜每夜你们手搀手在草地上，

拉成一个圆圈儿跳舞歌唱，

清晨的草上留下你们的足迹，

一团团葱翠新绿的颜色；

再用青紫粉白的各色鲜花，

写下了天书仙语，"清心去邪"，

像一簇簇五彩缤纷的珠玉，

像英俊骑士所穿的锦绣衣袴；

草地是神仙的纸，花是神仙的符箓。

去，去，往东的向东，往西的向西！

等到钟鸣一下，可不要忘了

我们还要绕着赫恩橡树舞蹈。

爱文斯　大家排着队，大家手牵手，

二十个萤虫给我们点亮灯笼，

照着我们树荫下舞影憧憧。

且慢！哪里来的生人气？

福斯塔夫　天老爷保佑我不要给那个威尔士老怪瞧见，他会叫我

变成一块干酪哩！

毕斯托尔　坏东西！你是个天生的孽种。

安　让我用炼狱火把他指尖灼烫，

看他的心地是纯洁还是肮脏：

他要是心无污秽，火不能伤，

哀号呼痛的一定居心不良。

毕斯托尔　来，试一试！

爱文斯　来，看这木头怕不怕火熏。（众以烛烫福斯塔夫。）

福斯塔夫　啊！啊！啊！

爱文斯　坏透了，坏透了，这家伙淫毒攻心！精灵们，唱个歌儿

取笑他；围着他窜窜跳跳，拧得他遍体酸麻。

　　歌

哼，罪恶的妄想！

哼，淫欲的孽障！

淫欲是一把血火，

不洁的邪念把它点亮，

痴心扇着它的火焰,

妄想把它愈吹愈旺。

精灵们,拧着他,

不要把恶人宽放;

拧他,烧他,

拖着他团团转,

直等星月烛光一齐黑暗。

(精灵等一面唱歌,一面拧福斯塔夫。卡厄斯自一旁上,将一穿绿衣的精灵偷走;斯兰德自另一旁上,将一穿白衣的精灵偷走;范顿上,将安·培琪偷走。内猎人号角声,犬吠声,众精灵纷纷散去。福斯塔夫扯下鹿头起立。培琪、福德、培琪大娘、福德大娘同上,将福斯塔夫捉住。)

培琪　嗳,别逃呀;现在您可给我们瞧见啦;难道您只好扮扮猎人赫恩吗?

培琪大娘　好了好了,咱们不用尽跟他开玩笑啦。好爵爷,您现在喜不喜欢温莎的娘儿们?看见这一对漂亮的鹿角吗,丈夫?把这对鹿角扔在林子里不是比拿到城里去更合式些吗?

福德　爵爷,现在究竟谁是个大忘八?白罗克大爷,福斯塔夫是个混蛋,是个混账忘八蛋;瞧他的头上还长着角哩,白罗克大爷!白罗克大爷,他从福德那里什么好处也没有得到,只得到了一只脏衣服的篓子,一顿棒儿,还有二十镑钱,那笔钱是要向他追还的,白罗克大爷;我已经把他的马扣留起来做抵押了,白罗克大爷。

福德大娘　爵爷,只怪我们运气不好,没有缘分,总是好事多磨。

以后我再不把您当做我的情人了，可是我会永远记着您是我的公鹿。

福斯塔夫　我现在才明白我受了你们愚弄，做了一头蠢驴啦。

福德　岂止蠢驴，还是笨牛呢，这都是一目了然的事。

福斯塔夫　原来这些都不是精灵吗？我曾经三四次疑心他们不是什么精灵，可是一则因为我自己做贼心虚，二则因为突如其来的怪事，把我吓昏了头，所以会把这种破绽百出的骗局当做真实，虽然荒谬得不近情理，也会使我深信不疑，可见一个人做了坏事，虽有天大的聪明，也会受人之愚的。

爱文斯　福斯塔夫爵士，您只要敬奉上帝，消除欲念，精灵们就不会来拧您的。

福德　说得有理，休大仙。

爱文斯　还有您的嫉妒心也要除掉才好。

福德　我以后再不疑心我的妻子了，除非有一天你会说道地的英国话来追求我的老婆。

福斯塔夫　难道我已经把我的脑子剜出来放在太阳里晒干了，所以连这样明显的骗局也看不出来吗？难道一只威尔士的老山羊都会捉弄我？难道我该用威尔士土布给自己做一顶傻子戴的鸡冠帽吗？这么说，我连吃烤过的干酪都会把自己哽住了呢。

爱文斯　钢酪是熬不出什么扭油来的——你这个大肚子倒是装满了扭油呢。

福斯塔夫　又是"钢酪"，又是"扭油"！想不到我活到今天，却让那一个连英国话都说不像的家伙来取笑吗？罢了罢了！这也算是我贪欢好色的下场！

培琪大娘 爵爷，我们虽然愿意把那些三从四德的道理一脚踢得远远的，为了寻欢作乐，甘心死后下地狱；可是什么鬼附在您身上，叫您相信我们会喜欢您呢？

福德 像你这样的一只杂碎布丁？一袋烂麻线？

培琪大娘 一个浸胖的浮尸？

培琪 又老、又冷、又干枯，再加上一肚子的肮脏？

福德 像魔鬼一样到处造谣生事？

培琪 一个穷光蛋的孤老头子？

福德 像个泼老太婆一样千刁万恶？

爱文斯 一味花天酒地，玩玩女人，喝喝白酒蜜酒，喝醉了酒白瞪着眼睛骂人吵架？

福斯塔夫 好，尽你们说吧；算我倒楣落在你们手里，我也懒得跟这头威尔士山羊斗嘴了。无论哪个无知无识的傻瓜都可以欺负我，悉听你们把我怎样处置吧。

福德 好，爵爷，我们要带您到温莎去看一位白罗克大爷，您骗了他的钱，却没有替他把事情办好；您现在已经吃过不少苦了，要是再叫您把那笔钱还出来，我想您一定要万分心痛吧？

福德大娘 不，丈夫，他已经受到报应，那笔钱就算了吧；冤家宜解不宜结，咱们不要逼人太甚。

福德 好，咱们拉拉手，过去的事情，以后不用再提啦。

培琪 骑士，不要懊恼，今天晚上请你到我家里来喝杯乳酒。我的妻子刚才把你取笑，等会儿我也要请你陪我把她取笑取笑。告诉她，斯兰德已经跟她的女儿结了婚啦。

培琪大娘 （旁白）博士们不会信他的胡说。要是安·培琪是我的女儿，那么这个时候她已经做了卡厄斯大夫的太太啦。

斯兰德上。

斯兰德　哎哟！哎哟！岳父大人，不好了！

培琪　怎么，怎么，贤婿，你已经把事情办好了吗？

斯兰德　办好了！哼，我要让葛罗斯特郡人都知道这件事；否则还是让你们把我吊死了吧！

培琪　什么事情，贤婿？

斯兰德　我到了伊登那里去本来是要跟安·培琪小姐结婚的，谁知道她是一个又高又大、笨头笨脑的男孩子；倘不是在教堂里，我一定要把他揍一顿，说不定他也要把我揍一顿。我还以为他真的就是安·培琪哩——真是白忙了一场！——谁知道他是驿站长的儿子。

培琪　那么一定是你看错了人啦。

斯兰德　那还用说吗？我把一个男孩子当做女孩子，当然是看错了人啦。要是我真的跟他结了婚，虽然他穿着女人的衣服，我也不会要他的。

培琪　这是你自己太笨的缘故。我不是告诉你怎样从衣服上认出我的女儿来吗？

斯兰德　我看见她穿着白衣服，便上去喊了一声"嗳"，她答应我一声"不见得"，正像安跟我预先约好的一样；谁知道他不是安，却是驿站长的儿子。

爱文斯　耶稣基督！斯兰德少爷，难道您生着眼睛不会看，竟会去跟一个男孩子结婚吗？

培琪　我心里乱得很，怎么办呢？

培琪大娘　好官人，别生气，我因为知道了你的计划，所以叫女儿改穿绿衣服；不瞒你说，她现在已经跟卡厄斯医生一同到了教长家里，在那里举行婚礼啦。

卡厄斯上。

卡厄斯 培琪大娘呢？哼，我上了人家的当啦！我跟一个男孩子结了婚，一个乡下男孩子，不是安·培琪。我上了当啦！

培琪大娘 怎么，你不是看见她穿着绿衣服的吗？

卡厄斯 是的，可是那是个男孩子；我一定要叫全温莎的人评个理去。（下。）

福德 这可奇了。谁把真的安带了去呢？

培琪大娘 我心里怪不安的。范顿大爷来了。

范顿及安·培琪上。

培琪大娘 啊，范顿大爷！

安 好爸爸，原谅我！好妈妈，原谅我！

培琪 小姐，你怎么不跟斯兰德少爷一块儿去？

培琪大娘 姑娘，你怎么不跟卡厄斯大夫一块儿去？

范顿 你们不要把她问得心慌意乱，让我把实在的情形告诉你们吧。你们用可耻的手段，想叫她嫁给她所不爱的人；可是她跟我两个人久已心心相许，到了现在，更觉得什么都不能把我们两人拆开。她所犯的过失是神圣的，我们虽然欺骗了你们，却不能说是不正当的诡计，更不能说是忤逆不孝，因为她要避免强迫婚姻所造成的无数不幸的日子，只有用这办法。

福德 木已成舟，培琪大爷，您也不必发呆啦。在恋爱的事情上，都是上天亲自安排好的；金钱可以买田地，娶妻只能靠运气。

福斯塔夫　我很高兴，虽然我遭了你们的算计，你们的箭却也会发而不中。

培琪　算了，有什么办法呢？——范顿，愿上天给你快乐！拗不过来的事情，也只好将就过去。

福斯塔夫　猎狗在晚上出来，哪只鹿也不能幸免。

培琪大娘　好，我也不再想这样想那样了。范顿大爷，愿上天给您许许多多快乐的日子！官人，我们大家回家去，在火炉旁边把今天的笑话谈笑一番吧；请约翰爵士和大家都去。

福德　很好。爵爷，您对白罗克并没有失信，因为他今天晚上真的要去陪福德大娘一起睡觉了。（同下。）